古典的力量

周国平讲古词曲

周国平 著

中华书局

图书在版编目（CIP）数据

古典的力量：周国平讲古词曲/周国平著. —北京：中华书局，
2017.4
　ISBN 978-7-101-12142-1

　Ⅰ.古…　Ⅱ.周…　Ⅲ.①宋词–诗词研究②元曲–文学研究
Ⅳ.①I207.23②I207.37

中国版本图书馆 CIP 数据核字（2016）第 229114 号

书　　名	古典的力量——周国平讲古词曲
著　　者	周国平
责任编辑	傅　可
出版发行	中华书局
	（北京市丰台区太平桥西里 38 号　100073）
	http://www.zhbc.com.cn
	E-mail:zhbc@zhbc.com.cn
印　　刷	北京瑞古冠中印刷厂
版　　次	2017 年 4 月北京第 1 版
	2017 年 4 月北京第 1 次印刷
规　　格	开本/880×1230 毫米　1/32
	印张 6⅞　插页 2　字数 112 千字
印　　数	1-15000 册
国际书号	ISBN 978-7-101-12142-1
定　　价	26.00 元

自 序

迄今为止，关于中国古典作品，我所写的文字很少，几乎都集中在这本书里了。我的专业是西方哲学，长期以来读得最多的也是西方人文著作和文学作品。我当然知道，中国的经、史、子、集中也有许多珍宝，一直想系统地读一读，挑出喜欢的作家和作品，写一写我的理解和感受。然而，因为精力所限，这个计划不断地往后推延。现在出版社来索稿，我暂时只拿得出这一点儿可怜的东西，真是非常惭愧。

本书由以下三个部分组成：

第一部分品宋词，是我为《中国唐宋名篇音乐朗诵会·宋人弦歌》所写的序和台词。这一台节目由北京驱动文化传媒有限公司出品，在全国各地演了许多场，很受欢迎。篇目和辑题是该公司的老总钱程拟定的，我只做了少量修改和补充。钱程与我素昧平生，他热爱文学，在困境中以宋词自娱，酝酿了这一台节目，托人捎信给我，期望我承担相关的文字工作。我被他的诚意所感动，勉为其难，应了下来。我在中学时就非常喜欢宋词，借此机会得以重温，并把自己的体会写了出来。

第二部分品元曲，写作的由头也纯属偶然。那是十多年前的事了，我的朋友王菱做一套古典韵文"新赏"的书，元曲部分无人写，找到了我。与上述品宋词不同，这一部分的篇目是我自己选定的，而评论的文字则不着眼于文学，多是随想式的借题发挥。如此成一册小书，原题《断肠人在天涯——元代爱情人生散曲新赏》，由四川人民出版社出版。这本小书在市场上早已绝迹，就让它在这里再献一回丑。

第三部分是若干篇谈中国古代学者文人的旧作，曾经收在我的不同集子里，现在汇到了一起。其中，谈阮籍、袁宏道的两篇稍长，也比较系统一些，而谈孔子、韩愈、苏轼、玄奘的诸篇都只是小随笔。盘点的结果让我自己很吃惊，存货竟这样少，对于我钟爱的庄子、陶渊明、李白、王阳明等人，我怎么会没有写任何文字。

在中国文人身上，从来有励志和闲情两面。励志，就是经世济用，追求功名，为儒家所推崇。闲情，就是逍遥自在，超脱功名，为道家所提倡。不过，这只是相对而言，即使在儒家始祖孔子身上，我也看到了闲情的一面。我发现，我所欣赏的古典作家和作品，往往是闲情这一面特别突出的。宋词和元曲讴歌男欢女爱，阮籍、陶渊明、袁宏道、李白、苏轼纵情山水，我从中看到的是对生命本体的热爱和对精神自由的追求，而人生最宝贵的价值岂不就在于此？对闲情不可等闲视之，它是中国特色的人性的解放，性灵的表达，在中国文化传统和中国文人生活中所占的分量很重很重。

只有励志，没有闲情，中国文人真不知会成为怎样的俗物。

周国平

目　录

第一辑

唯美的欢娱——宋人弦歌

真正的大诗人，他的心灵与宇宙的生命息息相通，所表达的绝不限于一己的悲欢，而是能够由个人的身世体悟人生的普遍真相。

序

今夜，让我们沿着时光之河向回航行，在一千年前的长江上岸。展现在我们眼前的，是祖国历史上一个著名的王朝，它辉煌到了极点，又屈辱到了极点，留下的是不尽的怀念，不尽的惋惜。

绵延了三百余年的宋朝，前半期统一而繁荣，后半期丧权而偏安，有太多的欢笑，也有太多的眼泪，而这欢笑和眼泪，共同催放了中国文学的一朵奇葩——宋词。

我们来到了北宋的首都汴京，由今日的开封，怎能想象它当年的奢华。通衢大道上，香车宝马奔驰，游人熙来攘往。举目四望，到处是雕楼画阁，绣户朱帘。深街小巷内，燕馆歌楼密布，达数万家之多。最不寻常的是，满城的青楼、歌厅、茶坊、酒肆，响彻管弦丝竹之声，一片莺歌燕舞的景象。出入这些场所的，有普通市民，也有达官贵人。宋王朝给士大夫的生活待遇之优厚，没有一个朝代比得上，这使他们得以优游岁月，宴饮唱和之风盛行。无论在公共娱乐场所，还是在私人宴会，歌妓是重要的角色，弦歌是必有的节目。曲调是现成的，文人骚客竞相为之填词，每有佳作问世，很快唱遍塞北江南。

今天也许难以相信，在隋、唐、宋三朝，这漫长的七百年间，中国曾经是一个流行音乐大国。来自中亚、西域的明快热烈的印度系音乐风靡全国，倾倒朝野，而低缓单调的中国古乐则受到了冷落，仅用于某些祭祀仪式。唐宋两朝设有教坊，实际上是宫廷乐团兼国家音乐学院，专门排演、教习、创作流行音乐。宋朝还设有大晟府，翻译成现代汉语，可以叫"国家音乐总署"，兼具国家音乐出版社的职能，编集和刊行流行的曲谱。正是在这浓烈的音乐氛围中，词的创作成了文坛第一时尚，词的艺术达到了历史的顶峰，宋词成为了足可与唐诗、元曲媲美的中国文学瑰宝。

词的作者是文人学士，唱者大多是妙龄歌女，其间就有了一种微妙的关系。没有一种文学体裁像词这样深深地受到女性的熏陶。有一首宋词写道："月如眉，浅笑含双靥，低声唱小词。"让美女在花前月下吟唱的小词，自然应该是情意缠绵的了。因此，在相当长的时间里，词的主题不外是伤春悲秋，离情别绪，男欢女爱，风格则以柔美婉约为正宗。词和诗之间有了一种不成文的分工，诗言志而词言情，诗须庄重而词求妩媚。一切儿女情长、英雄气短的情思，不能诉之于诗文的，在词中都得到了尽兴的宣泄。词致力于表达委婉悱恻的情感，描摹深微细腻的心绪，把一种精致的审美趣味发挥到了极致。在文以载道的古代中国，宋词也许是绝无仅有的唯美文学，它的文字、意境和音乐的美，没有一个文学品种比得上。

当然，婉约不是宋词唯一的风格。首先是苏轼，然后是辛弃疾，向词中吹进了强劲的豪放之风。在他们的影响下，词与诗的界限被打破，词的题材大大拓宽，演变成了一种既可言情也可咏志的新诗体。靖康之变后，南宋词人在婉约中多了山河破碎的哀怨，在豪放中多了壮志未酬的悲伤。

宋词是音乐的产儿，流行歌曲的歌词。可惜的是，当年的曲谱均已失传，在历史的流传中，宋词早已脱离音乐，只被当作文学来欣赏。这是中国音乐史的巨大损失，作为音乐的宋人弦歌已成千古之谜，留给我们的是不尽的遗憾，不尽的想象。

闹灯

　　元宵节，中国古代的狂欢节，以闹灯为中心，又称灯节。宋代其况最盛，正月十五前后，五昼夜狂欢不止，满城张灯结彩，鼓吹喧天，人潮如涌，热闹非凡。家家"倾巢出动"，看花灯、看焰火、看百戏，总而言之是看热闹，而看热闹的实质是人看人。在那个男女授受不亲的时代，元宵节的人看人又别有一番情趣。彩灯明月诚然可观，最可观的却正是那观灯赏月之人。平日幽居深院的闺秀仕女，此时暂获开禁，三五成群出游，成为节日最亮丽的风景。于是，在热闹的掩护下，或眉目传情，或私定幽会，或暗结同心，演出了无数爱情的喜剧和悲剧。

青玉案

辛弃疾

东风夜放花千树。更吹落，星如雨。宝马雕车香满路。凤箫声动，玉壶光转，一夜鱼龙舞。

蛾儿雪柳黄金缕，笑语盈盈暗香去。众里寻他千百度，蓦然回首，那人却在，灯火阑珊处。

节庆热闹而欢腾，可是，有谁知道热闹反衬下的寂寞，欢腾映照下的孤独？眼看花枝招展的游女们嬉笑着走过，一队队都消失在灯火辉煌的背景中了，那个寻找了一百次、一千次的人仍然没有出现。无意中回头，却发现那个人茕茕孑立，站在灯火最冷清的地方。

那个人是谁？有人说，是作者的意中人，一位脱俗的女子。有人说，是作者自况，寄寓了高洁的怀抱。其实，无论哪一说成立，作品的意蕴是一致的，都是对孤高人品的赞美。我们也许可以引申说，不管人世多么热闹，每一个人都应该保持一个内在的宁静的"自我"，这个"自我"是永远值得"众里寻他千百度"的。

生查子

欧阳修

去年元夜时，花市灯如昼。月上柳梢头，人约黄昏后。

今年元夜时，月与灯依旧。不见去年人，泪满春衫袖。

欧阳修是北宋名臣，学富五车，可是，你看他这首小令写得多么清新朴素。"月上柳梢头，人约黄昏后。"如此美丽清朗的意境，如此自然天成的句子，叫人看了怎么忘得了，怎么会不流传为千古名句。

全词写一段失落的恋情，景物依旧，欢爱不再，使人不由得伤心落泪。爱情的滋味最是一言难尽，它无比甜美，带给人的却常是无奈、惆怅、苦恼和忧伤。不过，这些痛苦的体验又何尝不是爱情的丰厚赠礼，一份首先属于心灵、然后属于艺术的宝贵财富，古今中外大诗人的作品就是证明。

问春

　　春来春去，花开花落，原是自然界的现象，似乎不足悲喜。然而，偏是在春季，物象的变化最丰富也最微妙，生命的节奏最热烈也最急促。诗人的心，天下一切敏感的心，就不免会发生感应了。心中一团朦胧的情绪，似甜却苦，乍喜还悲，说不清道不明，我们的古人称之为"愁"。细究起来，这"愁"又是因人因境而异，由不同的成分交织成的。触景生情，仿佛起了思念，却没有思念的具体对象，是笼统的春愁。有思念的对象，但山河阻隔，是离愁。孤身漂泊，睹景思乡，是旅愁和乡愁。因季节变迁而悲年华的虚度或平生的不得志，是闲愁。因季节变迁而悲时光的流逝和岁月的无常，便是短暂人生的万古大愁了。

　　我们不要讥笑古人多愁善感，倒不妨扪心自问，在匆忙的现代生活中，我们的心情与自然的物候之间还能否有如此密切的感应，我们的心肠是否已经太硬，对于自然界的生命节奏是否已经太麻木？

木兰花

宋祁

东城渐觉风光好，縠皱波纹迎客棹。绿杨烟外晓寒轻，红杏枝头春意闹。

浮生长恨欢娱少，肯爱千金轻一笑？为君持酒劝斜阳，且向花间留晚照。

"红杏枝头春意闹"——这一个"闹"字，用得出人意料，却又极其贴切，把春天蓬勃的生机一下子展现在我们的眼前了。因为这一个"闹"字，宋祁当年一举成名，后世备受评家赞誉。

面对灿烂的春光，作者的感悟是：在短暂的人生中，真正值得珍惜的不是金钱，而是快乐。对于今天看重财富的时代，这不失为一个提醒。

青玉案

贺铸

凌波不过横塘路，但目送、芳尘去。锦瑟华年谁与度？月桥花院，琐窗朱户，只有春知处。

飞云冉冉蘅皋暮，彩笔新题断肠句。若问闲情都几许？一川烟草，满城风絮，梅子黄时雨！

一个想象中的单身美人，和我无缘相会，她自己也在虚度青春年华。这首词的主题正是闲愁，用情场的寂寞喻仕途的寂寞。妙处在最后三句，用春天的三种景物形容闲愁之浓烈，如同遍地青草，满城柳絮，下不完的黄梅雨，充斥在天地之间，充斥在胸襟之间。

一剪梅·舟过吴江

蒋捷

一片春愁待酒浇。江上舟摇，楼上帘招。秋娘渡与泰娘桥，风又飘飘，雨又萧萧。

何日归家洗客袍？银字笙调，心字香烧。流光容易把人抛，红了樱桃，绿了芭蕉。

这首词文字和音韵都异常优美，是描写春愁的名篇。从内容看，短小的篇幅，把春天的几种愁都写到了。第一层，风雨中乘舟漂泊，过了以两个歌女的名字命名的地点，正待上岸去借酒浇愁，这是笼统的春愁，也是旅愁。第二层，盼望归家，想念着会给自己洗衣、调笙、烧香的妻子，这是离愁。第三层，"流光容易把人抛"，这是人生的大愁。"红了樱桃，绿了芭蕉"，色彩多么鲜丽！时光成全了植物，反衬出了它对人的无情。

武陵春

李清照

　　风住尘香花已尽，日晚倦梳头。物是人非事事休，欲语泪先流。

　　闻说双溪春尚好，也拟泛轻舟。只恐双溪舴艋舟，载不动许多愁。

　　若要推中国古今第一才女，大约非李清照莫属。她的大部分作品已散失，流传下来的只有几十首词和诗，郑振铎先生曾感叹道："这个损失不亚于希腊失去了女诗人萨福的大部分作品。"不过，流传下来的几乎都是精品，已经足够我们为她举办一台专场朗诵音乐会了。

　　李清照的词以大手笔写小女子情态，清丽又大气，在两宋词坛上独具一格。最好的抒情词人，第一情感真实，绝不无病呻吟；第二语言质朴，绝不刻意雕琢。李清照正是这样，善于用口语化的寻常语言表达深刻的人生感受。在这一点上，能和她媲美的词人，也就李煜、苏轼、辛弃疾三人而已。

　　生活在两宋之交的这位贵族女子，一生被靖康之变斩为两截，前半生是天堂，后半生是地狱。人到中年，她接连遭遇北方家国沦陷、恩爱丈夫病故、珍贵收藏尽失的灾难，由名门才女沦落为乱世流民，从此凄凉而孤单地消度残年。然而，正是在人生的逆境中，她的创作进入了最佳状态。比如这一首《武陵春》，我们所看到的，完全不是一个词人在遣词造句，而是一个尝尽人世辛酸的女人在自言自语，句句都从心底里流出来。面对狂风后的满地落花，她心灰意懒、了无生趣。她生命中的花朵也已经被狂风打尽，她的余生似乎注定不会有新的花朵开放了。她的境况用一句话概括，就是"物是人非事事休"，这个哀伤的旋律贯穿在她后期的全部作品之中。她没有想到的是，这些作品正是她生命中最美丽的花朵，会永远开放在人类艺术的花园里。

鹧鸪天·代人赋

辛弃疾

陌上柔桑破嫩芽，东邻蚕种已生些。平冈细草鸣黄犊，斜日寒林点暮鸦。

山远近，路横斜，青旗沽酒有人家。城中桃李愁风雨，春在溪头荠菜花。

这首《鹧鸪天·代人赋》是辛弃疾乡居田园词的代表，把乡村景物写得细致真实，历历在目。

请注意最后两句。春的源头在乡村，而不在城市。英国诗人库柏也曾写道："上帝创造了乡村，人类创造了城市。"在今天大规模城市化的进程中，我们不妨反省一下，我们是否毁掉了上帝的作品，截断了春的源头？

叹花

　　咏物是宋词中的常见题材，而在所咏之物中，又以花居多。咏物词讲究形神皆似，写出物的神韵，在此基础上借物寓情，写出人的情怀。春夏秋冬，花事盛衰，兰花、海棠、杏、桃、牡丹、莲、荷、菊花、水仙等等都是吟咏的对象，而被吟咏得最多的却是梅花。

暗香

姜夔

旧时月色，算几番照我，梅边吹笛？唤起玉人，不管清寒与攀摘。何逊而今渐老，都忘却、春风词笔。但怪得、竹外疏花，香冷入瑶席。

江国，正寂寂。叹寄与路遥，夜雪初积。翠尊易泣，红萼无言耿相忆。长记曾携手处，千树压、西湖寒碧。又片片吹尽也，几时见得？

卜算子·咏梅

陆游

驿外断桥边，寂寞开无主。已是黄昏独自愁，更著风和雨。

无意苦争春，一任群芳妒。零落成泥碾作尘，只有香如故。

"疏影横斜水清浅，暗香浮动月黄昏。"宋初诗人林逋的名句描绘了梅花在中国文人眼中的典型形象，那不张扬的"疏影"和"暗香"，加上在清寒中开放，使梅花俨然成了高洁人品的象征。不过，姜夔根据林逋诗句自创调名的《暗香》，其实写的是对一位女子的怀念之情。倒是陆游的这首《卜算子·咏梅》，完全是孤高人格的自勉，有力地表达了在孤独中坚守的决心。

粉蝶儿·和晋臣赋落花

辛弃疾

　　昨日春如十三女儿学绣。一枝枝不教花瘦。甚无情便下得雨僝风僽，向园林铺作地衣红绉。

　　而今春似轻薄荡子难久。记前时送春归后。把春波都酿作一江醇酎，约清愁杨柳岸边相候。

　　春来花开如十三岁女孩儿绣花，多么细心认真，春去花落似轻薄荡子变心，何其不负责任。比喻得新颖而又巧妙，不愧是大词人的手笔。

邀月

中国人对月亮格外有感情，民间有月的节日，士大夫以赏月为雅事，古诗词中充满月的意象，也许反映了牢固的乡土情结。对于守在家乡的人来说，那在宅院上方升落的月亮是天天相见的伴侣，月的阴晴圆缺都会引发无穷的思绪。一旦离家远行，月依旧而家万里，就难免睹月思乡了。

西方人似乎很少想到要赏月，他们忙于生产和旅行，没有这份闲情。西方文化崇拜的是太阳神阿波罗，一个积极活动的神。

点绛唇
汪藻

新月娟娟，夜寒江静山衔斗。起来搔首，梅影横窗瘦。

好个霜天，闲却传杯手。君知否？乱鸦啼后，归兴浓于酒。

眉妩·新月
王沂孙

渐新痕悬柳，淡彩穿花，依约破初暝。便有团圆意，深深拜，相逢谁在香径。画眉未稳。料素娥、犹带离恨。最堪爱、一曲银钩小，宝帘挂秋冷。

千古盈亏休问。叹慢磨玉斧，难补金镜。太液池犹在，凄凉处、何人重赋清景。故山夜永。试待他、窥户端正。看云外山河，还老尽、桂花影。

这两首词都写新月，都寄托了忧愤的心情，但意境不同，所忧所愤也不同。汪藻是北宋受排挤的官员，他看见新月下寂静的江山，想起官场上"乱鸦"的聒噪，生出了强烈的归隐愿望。王沂孙是南宋末年的词人，经历了元灭宋的亡国之痛，他眼中的新月是嫦娥"犹带离恨"，未能画妥眉痕，发出了故国难团圆的悲叹。

水调歌头

苏轼

明月几时有？把酒问青天。不知天上宫阙，今夕是何年。我欲乘风归去，又恐琼楼玉宇，高处不胜寒。起舞弄清影，何似在人间！

转朱阁，低绮户，照无眠。不应有恨，何事长向别时圆？人有悲欢离合，月有阴晴圆缺，此事古难全。但愿人长久，千里共婵娟。

在全部宋词中，这一首《水调歌头》也许是传诵最广、最脍炙人口的。苏东坡不愧是大文豪，中秋赏月怀人，原是最常见的题材，到了他的笔下，偏能不同凡响，赏月赏得这样壮思逸飞，怀人怀得这样胸怀宽广。上片赏月，他身上玄想的哲人问"明月几时有"，他身上浪漫的诗人"欲乘风归去"，而最后的心愿却是平实的"何似在人间"。下片由赏月而怀人，他身上多愁善感的诗人怨月亮"长向别时圆"，他身上豁达的哲人用"此事古难全"来开导，而最后的心愿也是平实的"但愿人长久"。苏东坡是哲人、诗人，但归根到底是一个真性情的常人，这正是他最可爱的地方。

苏词以豪放著称，但又岂是"豪放"这个词概括得了的！

他的作品魅力来自他的人格魅力，他兼有大气魄和真性情，这两种品质统一在同一人身上极为难得，使他笔下流出的文字既雄健又空灵，既豪迈又清旷，不但境大，而且格高。读他的作品，我们如同登高望远，真觉得天地宽阔而人生美好。

悲秋

　　四季之中，春和秋最容易牵动心魂，被吟咏得最多。这大约是因为，夏暑冬寒，物象比较单调，而在春秋两季，物象却呈现丰富的变化。春和秋又有不同。春雨霏霏，花讯匆匆，使人愁；秋风萧瑟，落叶纷飞，使人悲。春是色，姹紫嫣红，情意缠绵；秋是空，天高云淡，胸襟落寞。春是诗人的季节，秋是哲人的季节。不过，中国多诗人，少哲人，所以我们看到，咏秋词仍是说愁的为多。

唐多令

吴文英

何处合成愁？离人心上秋。纵芭蕉不雨也飕飕。都道晚凉天气好；有明月、怕登楼。

年事梦中休，花空烟水流。燕辞归、客尚淹留。垂柳不萦裙带住，漫长是、系行舟。

开头两句有趣。"何处合成愁？离人心上秋。"一个心字上面一个秋字，合成一个愁字。把字谜巧妙地引入词中，毫无斧凿痕，点出了这首词的主题是离愁。

丑奴儿·书博山道中壁
辛弃疾

少年不识愁滋味，爱上层楼。爱上层楼，为赋新词强说愁。

而今识尽愁滋味，欲说还休。欲说还休，却道天凉好个秋。

在辛弃疾的几百首词中，这一首传诵最广。它的确是一首绝妙好词，言简而意赅、语浅而情深，表达了普遍的人生感受。

年少之时，我们往往容易无病呻吟，夸大自己的痛苦；甚至夸耀自己的痛苦。究其原因，大约有二。其一，是对人生的无知，没有经历过大痛苦，就把一点儿小烦恼当成了大痛苦；其二，是虚荣心，在文学青年身上尤其突出，把痛苦当作装饰和品位，显示自己与众不同。只是到了真正饱经沧桑之后，我们才明白，人生的小烦恼是不值得说的，大痛苦又是不可以说的。我们把痛苦当作人生本质的一个组成部分接受下来，带着它继续生活。如果一定要说，我们就说点别的，比如天气。"却道天凉好个秋"——这个结尾意味深长，是不可说之说，是辛酸的幽默。

醉花阴

李清照

薄雾浓云愁永昼，瑞脑消金兽。佳节又重阳，玉枕纱厨，半夜凉初透。

东篱把酒黄昏后，有暗香盈袖。莫道不消魂，帘卷西风，人比黄花瘦。

这首词是李清照前期的名作，因思念两地分居的丈夫而写。丈夫也是文人，收到后欲一比高低，废寝忘食三昼夜，写了五十几首词，把这一首混在里面，请一位朋友品评。那位朋友读后说，有三句绝佳。这三句是："莫道不消魂，帘卷西风，人比黄花瘦。"

李清照真为女性争光。

八声甘州

柳永

对潇潇暮雨洒江天，一番洗清秋。渐霜风凄紧，关河冷落，残照当楼。是处红衰翠减，苒苒物华休。惟有长江水，无语东流。

不忍登高临远，望故乡渺邈，归思难收。叹年来踪迹，何事苦淹留？想佳人妆楼颙望，误几回、天际识归舟。争知我，倚阑干处，正恁凝愁！

在悲秋题材中，这首词的艺术成就极高，受到的赞誉最多。上片写秋景的凄凉，用字富有动感，令人觉得这凄凉有逼人之势，简直要把天地淘空，把人淘空。下片写心境的愁苦，走笔极尽曲折，使我们看到百结愁肠的一个个结都是打不开的。

伤别

　　在中国古典文学作品中，伤别之作不计其数。伤别更是宋词的一大主题。事实上，那些惜春悲秋、问花叹月的词，春花秋月是景，抒发的情往往也是离愁别绪。晏殊的词写道："无穷无尽是离愁。"古往今来，被离别所苦的人，离别者心中的苦，真是无穷无尽。

　　离别的苦，仔细分析起来，包含三层意思。其一，人生聚散不定，一别之后，不知何时再聚，也可能再聚无日，一别竟成永诀。其二，命运莫测，别后不免为对方担心，有了无穷的牵挂。其三，生命短暂，青春相别，再见时也许皆已白头，彼此如同一面镜子，瞬间照出了岁月的无情。总之，人生之所以最苦离别，正因为离别最使人感受到了人生无常。

　　然而，也正因为离别，我们更懂得了相聚的宝贵。让我们珍惜爱情、亲情、友情，珍惜人间一切美好的感情。

八六子

秦观

倚危亭，恨如芳草，萋萋刬尽还生。念柳外青骢别后，水边红袂分时，怆然暗惊。

无端天与娉婷，夜月一帘幽梦，春风十里柔情。怎奈向、欢娱渐随流水，素弦声断，翠绡香减，那堪片片飞花弄晚，蒙蒙残雨笼晴。正销凝，黄鹂又啼数声。

秦观的词是北宋婉约词的代表，在意境、文字、音乐三方面都精美，当年风行一时。在这一首词中，作者怀念一位歌女，寓情于景，句句都写景，而又句句都是情。

雨霖铃

柳永

　　寒蝉凄切。对长亭晚，骤雨初歇。都门帐饮无绪，留恋处、兰舟催发。执手相看泪眼，竟无语凝噎。念去去、千里烟波，暮霭沉沉楚天阔。

　　多情自古伤离别，更那堪冷落清秋节！今宵酒醒何处？杨柳岸、晓风残月。此去经年，应是良辰好景虚设。便纵有千种风情，更与何人说？

　　两个深爱的人，在不得不离别的那一刻，会怎么样？请看词中描绘的场面："执手相看泪眼，竟无语凝噎。"两人拉着手，只是相看，只是流泪，只是哽咽。平时纵有千言万语，这时刻是一句也说不出来的，这时刻的心情是说什么也不能表达的。

　　想象自己辞别了情人，乘上夜行舟之后，又会如何？我们得到了一个千古名句："今宵酒醒何处？杨柳岸、晓风残月。"一觉醒来，看到的是清幽的美景。可是，因为情人不在身边，再美的景也都是虚设的了。

　　作者对于离愁别绪的体会，真是细致而又到位。在宋朝词坛上，柳永是一个重要人物。过去词中多是小令，他第一个大力创作篇幅长而容量大的慢词，擅长铺陈，细针密线织出一幅幅男女情感图。宋人囿于成见，以诗文为正业，词只被当作业余爱好，唯有柳永是一个专职词人，一生的主业就是给歌女伶人们写词。他是北宋最走红的流行歌词作者，作品雅俗共赏，传播极广，远至西域，一位派到西夏的官员归来后说："凡有井水的地方，都在唱柳词。"但是，他一生潦倒，屡试不第。他的倒霉是因为他的清高，他有一句歌词："忍把浮名，换了浅斟低唱。"宋仁宗因此下令把他榜上除名，说："你就去浅斟低唱吧，干吗要浮名！"最后他穷愁而死，靠歌妓们凑钱把他埋了，死后也只有歌妓们年年祭他。然而，有这些善良女子为知音，应该说，柳永并不凄凉。

钗头凤

陆游

红酥手，黄縢酒，满城春色宫墙柳。东风恶，欢情薄。一怀愁绪，几年离索。错，错，错！

春如旧，人空瘦，泪痕红浥鲛绡透。桃花落，闲池阁。山盟虽在，锦书难托。莫，莫，莫！

钗头凤

唐琬

世情薄，人情恶，雨送黄昏花易落。晓风干，泪痕残。欲笺心事，独语斜阑。难，难，难！

人成各，今非昨，病魂常似秋千索。角声寒，夜阑珊。怕人寻问，咽泪装欢。瞒，瞒，瞒！

陆游和唐琬，一对恩爱夫妻，硬被陆游的母亲拆散，唐琬被迫改嫁。若干年后的一个春日，两人游园邂逅，陆游醉题园壁，唐琬随后应答，词林中有了这两首伤心之作。陆词充满悔恨和哀怜，唐词充满悲愤和屈辱，而压倒这一切的，是两人共同的绝望。

今天我们要说，这是一个不该发生的悲剧。陆游不该有这样的母亲，中国不该有这样的伦理，而最后，也许是苛责，陆游不该服从这样的母亲和这样的伦理。

相见欢

李煜

无言独上西楼，月如钩，寂寞梧桐，深院锁清秋。

剪不断，理还乱，是离愁，别是一般滋味在心头。

句句明白，没有一个生字。句句凝练，没有一个废字。寥寥几笔，情景毕现。这才叫大家小品，能让人过目不忘，回味无穷。

相思

　　离别之后，有情人就要忍受相思之苦了。于是，在伤别的词之外，又有了许多怀人的词。相思之苦，苦在心中有许多生动的记忆，眼前却看不见人。情由忆生，记忆越生动，眼前的空缺就越鲜明，人就越被相思之苦所折磨。不过，相思不只是苦，苦中也有甜。心里惦着一个人，并且知道那个人心里也惦着自己，岂不比无人可惦记好得多？人是应该有所牵挂的，情感的牵挂使我们与人生有了紧密的联系。那些号称一无牵挂的人其实最可悲，他们活得轻飘而空虚。

一剪梅
李清照

红藕香残玉簟秋。轻解罗裳，独上兰舟。云中谁寄锦书来？雁字回时，月满西楼。

花自飘零水自流。一种相思，两处闲愁。此情无计可消除，才下眉头，却上心头。

写相思之情"无计可消除，才下眉头，却上心头"，妙趣横生，使整首词活了起来。

清平乐
朱淑真

恼烟撩露，留我须臾住。携手藕花湖上路，一霎黄梅细雨。

娇痴不怕人猜，和衣睡倒人怀。最是分携时候，归来懒傍妆台。

一男一女携手游湖，途中遇雨，躲雨的地方想必没有旁人，彼此又挨得很近。在这短暂的片刻，女子趁势撒娇，依偎到男子怀里。回家后，女子百事无心，仍久久回味着这片刻的亲昵。

两性世界里一个可爱的小片段。朱淑真这样一个才女，可惜所嫁非人，这样的小片段也许是她感情生活中唯一的亮点，真让人替她不平啊！

玉楼春
晏殊

绿杨芳草长亭路，年少抛人容易去。楼头残梦五更钟，花底离愁三月雨。

无情不似多情苦，一寸还成千万缕。天涯地角有穷时，只有相思无尽处。

春日凌晨，一个女子在钟声雨声中醒来，想起一个离她而去的少年，没有怨恨，只有无尽的相思。

柳永说："多情自古伤离别。"晏殊说："无情不似多情苦。"伤离别的，受相思之苦的，都是多情之人。那无情之人倒是一身轻，但他们其实更不幸，因为他们的心是空的。

鹊桥仙

秦观

纤云弄巧，飞星传恨，银汉迢迢暗度。金风玉露一相逢，便胜却人间无数。

柔情似水，佳期如梦，忍顾鹊桥归路。两情若是久长时，又岂在朝朝暮暮。

牛郎织女的传说被代代文人不断演绎，秦少游的这首《鹊桥仙》最有新意。上片说，虽然相会艰难，但质量绝高。下片说，虽然相会短暂，但感情久长。作者评说天上的故事，其实表达了人间的情操——两性关系要讲究质量，真挚而久长的爱情远胜于轻浮而短暂的风流韵事。"两情若是久长时，又岂在朝朝暮暮。"这句名言已成为追求真爱的人们的座右铭。

卜算子·黄州定惠院寓居作

苏轼

　　缺月挂疏桐，漏断人初静。谁见幽人独往来，缥缈孤鸿影。

　　惊起却回头，有恨无人省。拣尽寒枝不肯栖，寂寞沙洲冷。

　　飘忽的像一个梦，又清晰的像一幕哑剧。词中的那个幽人是谁？是一位相识的女子，是作者自己，还是一个虚构的意象？不知道，只知道我们的心为之战栗，充满了忧伤的同情。

记梦

梦与人生有不解之缘。梦是苦难者的安慰，奋斗者的希望。昨是今非，昨日的欢乐已成梦；心高气傲，明日的灿烂尚是梦。但是，不必叹息人生如梦，因为梦也是人生的一种真实。

梦与艺术也有不解之缘。古往今来，诗人们常常借梦言情，以梦写境，使最悲惨的情境也呈现出了艺术的美。

浪淘沙
李煜

　　帘外雨潺潺，春意阑珊，罗衾不耐五更寒。梦里不知身是客，一晌贪欢。

　　独自莫凭阑，无限江山，别时容易见时难。流水落花春去也，天上人间。

虞美人
李煜

　　春花秋月何时了，往事知多少。小楼昨夜又东风，故国不堪回首月明中。

　　雕栏玉砌应犹在，只是朱颜改。问君能有几多愁，恰似一江春水向东流。

　　历史经常发生误会。像李后主这样一个人，原是一位天生的诗人，心灵极单纯，情感极真挚，艺术天赋极高，对政治毫无兴趣，可是阴差阳错，偏偏在亡国前当上了皇帝，那么他的人生注定是一出悲剧了。然而，他到底是一位天生的诗人，无论在南唐的帝位上，还是做了大宋的臣虏，写的词都充满性灵，从不作帝王家语，而是作为一个最真实的人，诉说自己最真实的心情。他的人、他的作品，最鲜明的特点就是一个真字。尤其入宋后的作品，真个是满纸血泪，字字催人泪下。

然而，我们看到，尽管情境凄楚，他的词却丝毫不让人感到局促压抑，反而是清新明朗，王国维形容为"神秀"，非常准确。他用素淡的白描写出了深沉的感情，语言本色，风格含蓄，情味隽永，如同一位天生丽质的素衣女郎。

真正的大诗人，他的心灵与宇宙的生命息息相通，所表达的绝不限于一己的悲欢，而是能够由个人的身世体悟人生的普遍真相。"春花秋月何时了，往事知多少。"面对自然景物的周而复始和时光的永恒流逝，人人都会怀念自己人生中那些一去不返的珍贵往事。"别时容易见时难。"何止沦陷的江山如此，我们都可能经历相似的悲痛和无奈，与自己珍爱的人或事一朝诀别。李煜的心既敏感又博大，这使得他的作品虽然情感缠绵，却有开阔的境界。

四十二岁生日那一天，在软禁的小楼里，李煜让歌女唱这首以"春花秋月何时了"开头的《虞美人》，宋太宗知道了，断定他对大宋怀有二心，命令他服毒药自杀。在漫长的专制社会中，这是许多诗人的命运，他们的作品仅被从狭隘政治的角度理解，因而遭到迫害乃至杀害。

昭君怨·咏荷上雨

杨万里

午梦扁舟花底，香满西湖烟水。急雨打篷声，梦初惊。
却是池荷跳雨，散了真珠还聚。聚作水银窝，泛清波。

梦见在西湖划船，清香扑鼻，被急雨打船篷的声音惊醒，却发现是在自家的荷池旁，清香是荷叶的清香，声音是雨点打在荷叶上的声音。从梦境入手写实景，别出心裁，一首生动活泼的写景小令。

蝶恋花

晏几道

梦入江南烟水路，行尽江南，不与离人遇。睡里消魂无说处，觉来惆怅消魂误。

欲尽此情书尺素，浮雁沉鱼，终了无凭据。却倚缓弦歌别绪，断肠移破秦筝柱。

思念着一个人，梦中遇不到她，写信无处寄送，只好没完没了地弹琴。当心中强烈的情感无法排遣时，艺术就诞生了。

江城子·乙卯正月二十日夜记梦

苏轼

十年生死两茫茫。不思量，自难忘。千里孤坟，无处话凄凉。纵使相逢应不识，尘满面，鬓如霜。

夜来幽梦忽还乡。小轩窗，正梳妆。相顾无言，惟有泪千行。料得年年肠断处，明月夜，短松冈。

这是一首传诵千古的悼亡词，句句无比沉痛，句句无比真实，句句有千钧之力。苏轼悼念的是去世十年的爱妻，却准确地写出了每一个曾经痛失爱侣、亲人、挚友的人的共同心境。

生者与逝者，无论从前多么相爱相知，现在已经生死隔绝，彼此都茫然不知对方的情形了。"两茫茫"是一个基本境况，笼罩着彼此的一切关系。生者的生活仍在继续，未必天天想念逝者，但这决不意味着忘却。不忘却又能怎样，世界之大，找不到一个可以向逝者诉说的地方。即使有相逢的可能，双方都不是从前的样子了，不会再相识。这正是"两茫茫"造成的绝望境地。梦见了从前在一起时的熟悉情景，"两茫茫"的意识又立刻发生作用，把从前的温馨浸透在现在的哀伤之中。料想那逝者也是如此，年复一年地被隔绝在永恒的沉默之中。

醉酒

　　尼采把梦和醉看作两种基本的艺术状态。除梦之外，酒与艺术也有不解之缘。中国文人中多爱酒之人，曹操"对酒当歌"，李白"斗酒诗百篇"，欧阳修自号"醉翁"。不过，正如欧阳修所说："醉翁之意不在酒，在乎山水之间也。"醉打破日常生活的藩篱，使人与山水相融合，与宇宙相融合。醉打破功利社会的束缚，使人回归本性，回归自然。那么，酒只是工具，只要能达于醉的状态，没有酒也可。天下酒徒未必都是艺术家，大艺术家往往无酒而常醉。

西江月·遣兴

辛弃疾

醉里且贪欢笑，要愁那得工夫。近来始觉古人书，信着全无是处。

昨夜松边醉倒，问松"我醉何如"。只疑松动要来扶，以手推松曰"去"！

辛弃疾是一个有勇有谋的真英雄，胸怀抗金复国的大志，但英雄无用武之地，长年赋闲乡居。他又是一个能文能武的全才，被压抑的无穷精力就向文学中释放，成了宋代最高产的词人，留传至今的词作有六百二十九首之多。他无意做文人，只是要抒发胸臆，有感即发，创作的心态十分自由，无事不可入词，嬉笑怒骂皆成文章，题材非常广阔。风格也是多种多样，"夜半狂歌悲风起"的慷慨悲壮是主旋律，但也有"茅檐低小，溪上青青草"的朴素清新，"小楼春色里，幽梦雨声中"的纤丽婉约。

这首小令也表现了辛词的一种特色，通篇口语，像一篇短小的散文。评家认为，苏轼以诗入词，辛弃疾以散文入词，是解放词体的两位大改革家。

人们常说酒后失态，其实酒后往往露出了平时被掩饰的真态。你看在这首词里，活脱脱一个硬汉子辛弃疾，无论上片的发牢骚，还是下片的醉话，都充满傲气。

鹧鸪天·西都作

朱敦儒

我是清都山水郎，天教分付与疏狂。曾批给雨支风券，累上留云借月章。

诗万首，酒千觞，几曾着眼看侯王？玉楼金阙慵归去，且插梅花醉洛阳。

看不起世间的功名利禄，如果要做官，就做天上享用风雨云月的山水郎吧。不过，连天上也懒得去，就在这洛阳城里醉酒吧。魏晋以后，醉酒有了人生观的涵义，名士常借以表达蔑视功名的心志。

一剪梅

刘克庄

　　束缊宵行十里强，挑得诗囊，抛了衣囊。天寒路滑马蹄僵，元是王郎，来送刘郎。

　　酒酣耳热说文章，惊倒邻墙，推倒胡床。旁观拍手笑疏狂，疏又何妨，狂又何妨！

　　词人远行，好友送别，在一起饮酒。这首词把两个狂士的酒后情态写得绘声绘色，充满动作和响声。旁观者笑他们疏狂，作者回答道："疏又何妨，狂又何妨！"的确，人生有的时候不妨疏狂一下，何必总是压抑自己！何必把自己包得这么紧！

咏史

怀古往往是为了抒发自己的胸襟，咏史往往是为了讽喻今天的现实。让我们听一听宋代两位文学大家对于同一段历史的不同评说。

念奴娇·赤壁怀古
苏轼

　　大江东去，浪淘尽，千古风流人物。故垒西边，人道是，三国周郎赤壁。乱石崩云，惊涛裂岸，卷起千堆雪。江山如画，一时多少豪杰！

　　遥想公瑾当年，小乔初嫁了，雄姿英发。羽扇纶巾，谈笑间、樯橹灰飞烟灭。故国神游，多情应笑我，早生华发。人间如梦，一樽还酹江月。

　　和那一首咏月的《水调歌头》一样，这一首咏史的《念奴娇》也堪称宋词中最伟大的作品之一，同样的笔力雄健，同样的境界高旷。不同的是，这一首更多地展现了苏轼英雄本色的一面，气势更为磅礴。在赤壁这个地点怀古，眼前的景是大江、乱石、惊涛，所怀的古是智胜赤壁之战的风流将才周瑜，现实中的雄景与历史上的豪杰交相辉映。想到自己的英雄之志未得施展，不免自嘲。但是，不同于辛弃疾的愤激，苏轼毕竟有哲人的辽阔眼界，能比一切英雄功业站得更高。"大江东去，浪淘尽，千古风流人物。"再风流的人物也会被时间的浪涛卷走。纵然"江山如画"，终究"人间如梦"，所以不必把功业看得太重要。"一樽还酹江月"，是祭历史上的豪杰，也是祭自己和一切人的普通人生。

剔银灯·与欧阳公席上分题
范仲淹

昨夜因看蜀志，笑曹操孙权刘备。用尽机关，徒劳心力，只得三分天地。屈指细寻思，争如共、刘伶一醉？

人世都无百岁。少痴騃、老成尪悴。只有中间，些子少年，忍把浮名牵系？一品与千金，问白发、如何回避？

这首词也以三国为题材，但通篇充斥着玩世不恭的语气。上片评判历史，嘲笑曹操、孙权、刘备争夺天下是白费心力，还不如像刘伶那样一醉方休。下片议论人生，认为生命中的好时光十分有限，用在争夺浮名、官位、金钱上是不值得的。

我们都会背诵范仲淹的名句"先天下之忧而忧，后天下之乐而乐"，现在听他发表这么"消极"的言论，一定会感到诧异。这位北宋重臣历尽官场风波，一生刚直不阿，我们好像不应该只把他的话当作牢骚看待。其实，正因为他是一位真正对天下有责任心的政治家，才格外鄙视争权夺利。在他看来，三国争夺天下也只是大规模的争权夺利罢了。这个看法，难道不比今天那些津津乐道三国权谋的谈论更接近事情的本质吗？

抒怀

　　自从苏轼破除诗言志而词言情的界限之后，宋词中的抒怀言志之作逐渐多了起来。到了南宋，偏安一百五十年间，始有金灭北宋之恨未雪，终有元灭南宋之祸临头，民族灾难不断，词中更是响彻了忧愤忠勇的爱国之音，成为南宋词坛的一大特色。

　　除此之外，当然还有别种言志之作。做人要有志气，但志气未必雷同。在艰难中创业，在万马齐喑时呐喊，在时代舞台上叱咤风云，这是一种志气。在淡泊中坚持，在天下沸沸扬扬时沉默，在名利场外自甘于寂寞和清贫，这也是一种志气。心的追求未必总是显示进攻的姿态。

醉江月·驿中言别

邓剡

水天空阔，恨东风不惜世间英物。蜀鸟吴花残照里，忍见荒城颓壁。铜雀春情，金人秋泪，此恨凭谁雪？堂堂剑气，斗牛空认奇杰。

那信江海余生，南行万里，属扁舟齐发。正为鸥盟留醉眼，细看涛生云灭。睨柱吞嬴，回旗走懿，千古冲冠发。伴人无寐，秦淮应是孤月。

邓剡是文天祥的好友，南宋灭亡前夕，两人同时被俘，押解途中分手，邓剡写了这首词赠文天祥，表达亡国之痛和惜别之情。文天祥作答词，有"镜里朱颜都变尽，只有丹心难灭"之句，不久后慷慨就义。中国历史上下五千年，改朝换代乃寻常事，真正弥足珍贵的是，改朝换代大叙事掩盖下的这类感人至深的小场景。

念奴娇·过洞庭

张孝祥

洞庭青草，近中秋，更无一点风色。玉鉴琼田三万顷，着我扁舟一叶。素月分辉，明河共影，表里俱澄澈。悠然心会，妙处难与君说。

应念岭表经年，孤光自照，肝胆皆冰雪。短发萧疏襟袖冷，稳泛沧溟空阔。尽吸西江，细斟北斗，万象为宾客。扣舷独啸，不知今夕何夕。

秋夜泛舟洞庭，词人所感有二。其一，湖水浩渺，月辉澄澈，觉得自己仿佛融入了其中，这种与宇宙合一的感觉真是奇妙。其二，回顾平生做人处世，心中了无愧疚，这种光明磊落的感觉也真是舒坦。

人生在世，既能站得正，又能跳得出，这是一种很高的境界。

沁园春·问杜鹃

陈人杰

为问杜鹃，抵死催归，汝胡不归？似辽东白鹤，尚寻华表；海中玄鸟，犹记乌衣。吴蜀非遥，羽毛自好，合趁东风飞向西。何为者，却身羁荒树，血洒芳枝？

兴亡常事休悲。算人世荣华都几时？看锦江好在，卧龙已矣；玉山无恙，跃马何之？不解自宽，徒然相劝，我辈行藏君岂知？闽山路，待封侯事了，归去非迟。

中国文人的怀抱，总是在出处之间彷徨。通常的情况是，以功名为正道，仕途失意，才把归隐当作了不得已的退路。作者企图换一个思路，看破人世荣华的虚幻，以归隐为正道，在这种超脱的心态下，又何妨把功名当作暂时的目标。

人生的态度，宜在进取和超脱之间寻求一种平衡。然而，功名太平庸，不是真进取，归隐太无奈，不是真超脱。真正的进取和超脱，不会只在出处的低水平上折腾。

我们即将与一千年前的宋人告别了。最后，让我们同唱一首歌——岳飞的《满江红》。这是一首响彻千秋的英雄战歌，让我们以此表达对中国历史上一切肝胆照人的真英雄的崇高敬意。这也是一首传诵千古的宋词佳作，让我们以此表达对创造了丰富的美的宋代文学家的衷心感谢。

满江红

岳飞

怒发冲冠，凭栏处、潇潇雨歇。抬望眼，仰天长啸，壮怀激烈。三十功名尘与土，八千里路云和月。莫等闲、白了少年头，空悲切。

靖康耻，犹未雪。臣子恨，何时灭！驾长车，踏破贺兰山缺。壮志饥餐胡虏肉，笑谈渴饮匈奴血。待从头、收拾旧山河，朝天阙。

第二辑

断肠人在天涯——读元曲随想

所谓多愁善感，善感实为多愁的根源。多一分情，便多一分人世间的牵挂。

序

　　这本小书是一位朋友约我写的，她说唐诗宋词已经约了人，委屈我写元曲部分。我对元曲是外行，不过有时候做一做外行的事，倒是有新鲜感，就答应了下来。过去我只零星读过一些作品，现在乘这机会把隋树森编的《全元散曲》从头到尾读了一遍，又把找到手的各家选本琢磨了一通。在此基础上，按照我自己的口味挑选了近百首加以评论。

　　我的选择口味包括两方面，一是我欣赏诗歌时的一般口味，二是我所体会的元曲的特别风味。我一向喜欢写得既新颖奇特又自然质朴的诗，在阅读作为中国古典诗歌的一个品种的元散曲时，这个爱好也同样支配着我。现存元散曲中有不少雷同陈套之作，也有不少雕琢堆砌之作，我都一眼扫过，不予理睬。在中国诗史上，元曲之所以能和唐诗宋词并肩媲美，全凭它有自己的特色。据我看，这特色就是俗。散曲是宋词受民间曲词改造后的产物，身体里流着民歌的血液，本属俗文学的一支。后世文人所称道的清丽、豪放、直露、老辣、蒜酪味等等，都是它俗得可爱的地方。当然，也有俗得不可爱而流于粗俗的，我就尽量不选。我也不选那些写得太雅、酷似平庸词作的曲子。我们读散曲是为了要品尝风味小吃，如果想吃玉盘珍馐，何不直接去读唐诗宋词呢？

　　在内容上，元散曲的绝大多数可以用两个常见的标题来说明，便是"题情"和"叹世"。前者吟咏爱情，是情歌；后者感叹人生，是哲理诗。我的选本也就限于这两方面，其他如咏物写景之类的作品基本不选。

　　散曲包括小令和套数。出于篇幅的考虑，这个选本基本上只收小令，只有个别是从套数里摘出的曲子。

　　最后说说我的评论方式。没什么新鲜的，我不过是奉命行事罢了。约稿者别出心裁，提出以借题发挥的方式评诗的设想，我觉得这个设想不错，有新意，就照办了。我要提醒自己注意的仅是不要离题太远。这个方式使我得以扬长避短，无须去重复专家学者们已经做过的注释工作，不必对作品的艺术特点和思想内容说上一些大同小异的废话，而同时又获得机会就作品涉及的爱情主题和人生主题发表自己的感想。读者不妨把这本小书看作是我读元散曲的随感录。其实，许多读者都习惯在笔记本里抄录自己喜欢的作品，又写下自己的感想。天下有许多这样的笔记本，我只是把其中的一本发表了出来罢了。真是没什么新鲜的。不过，你们不觉得这样的一种交流还是很亲切的吗？

〔仙吕〕绿窗愁

杨果

　　有客持书至，还喜却嗟咨。未委归期约几时，先拆破鸳鸯字。原来则是卖弄他风流浪子：夸翰墨，显文词，枉用了身心空费了纸。

　　不要和诗人恋爱。诗人之意不在爱情，在文辞也。更糟的是在卖弄。

　　好在恋爱中的女人有准确的直觉，往往不被文辞迷惑。文辞只能骗骗遥远的崇拜者。

〔双调〕潘妃曲

商挺

　　带月披星担惊怕，久立纱窗下。等候他。蓦听得门外地皮儿踏，则道是冤家，原来风动荼蘼架。

　　幽会时的等候最难熬。可是，等的焦虑，毕竟胜于一无可等的寂寞。有一个冤家让你等，毕竟胜于空守闺房。

〔双调〕潘妃曲（二首）

商挺

目断妆楼夕阳外，鬼病恹恹害。恨不该，止不过泪满
旱莲腮。骂你个不良才，莫不少下你相思债。

只恐怕窗间人瞧见，短命休寒贱。直恁地肐膝软，禁
不过敲才厮熬煎。你且觑门前，等的无人呵旋转。

情人不来，恨得咬牙切齿，恨相思不得回报。情人来了，
怕得腿颤胳膊软，怕幽会被人撞见。恋爱，尤其偷情，真是苦事，
但苦中又有不尽的甘甜。

〔仙吕〕赚尾

彭寿之

一片志诚心，万种风流相，非是俺着迷过奖。燕子莺儿知几许，据风流不类寻常。唱道好处难忘，花有幽情月有香。想着樽前伎俩，枕边模样，不思量除是铁心肠。

痴心女子把爱当作宗教，男子是她崇拜的偶像。风流女子把爱当作艺术，男子是她诱惑的对象。二者难以并存。集二者于一身，"一片志诚心，万种风流相"，既怀一腔痴情，又解万种风情，此种情人自是妙不可言，势不可挡。那个同时受着崇拜和诱惑的男子有福了，或者——有危险了。

〔中吕〕山坡羊

陈草庵

晨鸡初叫，昏鸦争噪，那个不去红尘闹。路遥遥，水迢迢，功名尽在长安道。今日少年明日老。山，依旧好；人，憔悴了。

人活着难免有欲望。红尘中自有种种快乐，未必只在功名一途。不过，记住人迟早会憔悴，闹红尘也可以闹得洒脱一些。

［仙吕］一半儿·题情（二首）

关汉卿

云鬟雾鬓胜堆鸦，浅露金莲簌绛纱，不比等闲墙外花。骂你个俏冤家，一半儿难当一半儿耍。

碧纱窗外静无人，跪在床前忙要亲。骂了个负心回转身。虽是我话儿嗔，一半儿推辞一半儿肯。

男女风情，妙在一半儿一半儿的。琢磨透了，哪里还有俏冤家？想明白了，如何还会芳心乱？

〔南吕〕四块玉·闲适（二首）

关汉卿

意马收，心猿锁。跳出红尘恶风波，槐阴午梦谁惊破。
离了名利场，钻入安乐窝，闲快活。

南亩耕，东山卧，世态人情经历多。闲将往事思量过。
贤的是他，愚的是我，争什么！

因为世态险恶，人心叵测，于是远离名利场，这个境界仍
比较低。惦着他贤我愚，口说不争，到底意难平。真正的超脱，
来自彻悟人生的大智慧，或净化灵魂的大信仰。

〔双调〕沉醉东风

关汉卿

咫尺的天南地北，霎时间月缺花飞。手执着饯行杯，眼阁着别离泪。刚道得声"保重将息"，痛煞煞教人舍不得。"好去者望前程万里。"

离别的场合，总有一个第三者在场——莫测的命运，从此就有了无穷的牵挂。离别者感觉到了这个第三者的神秘威力，一声平淡的"保重"，包含多少无奈和凄凉。

〔双调〕大德歌

关汉卿

俏冤家，在天涯，偏那里绿杨堪系马！困坐南窗下，数对清风想念他。蛾眉淡了教谁画，瘦岩岩羞带石榴花。

对离人的想念中有牵挂，也有疑虑，因为陌生的世界里有磨难，也有诱惑。休怪他走累了"偏那里绿杨堪系马"，你"蛾眉淡了"也迟早得"教谁画"。难怪有人说，爱侣宜小别而忌长久分居。

〔南吕〕一枝花·不伏老
关汉卿

　　我是个蒸不烂、煮不熟、捶不匾、炒不爆、响珰珰一粒铜豌豆，恁子弟每谁叫你钻入他锄不断、斫不下、解不开、顿不脱、慢腾腾千层锦套头？我玩的是梁园月，饮的是东京酒，赏的是洛阳花，攀的是章台柳。我也会围棋、会蹴鞠、会打围、会插科、会歌舞、会吹弹、会咽作、会吟诗、会双陆。你便是落了我牙、歪了我嘴、瘸了我腿、折了我手，天赐与我这几般儿歹症候。尚兀自不肯休。则除是阎王亲自唤，神鬼自来勾。三魂归地府，七魄丧冥幽。天哪，那其间才不向烟花路儿上走。

　　比起男盗女娼的伪君子和偷香窃玉的小白脸，这位老当益壮、至死不悔的风月领袖岂不坦荡得令人肃然起敬么？

［中吕］阳春曲·题情（二首）

白朴

　　轻拈斑管书心事，细折银笺写恨词。可怜不惯害相思。则被你个肯字儿，迤逗我许多时。

　　从来好事天生俭，自古瓜儿苦后甜。奶娘催逼紧拘钳。甚是严，越间阻越情忺。

　　被延宕的约会，相思更浓。受阻挠的交欢，情欲更烈。不过，万事都有个限度。延宕太久，相思会淡漠。阻挠太甚，情欲会熄灭。

〔中吕〕阳春曲·题情（二首）

白朴

　　笑将红袖遮银烛，不放才郎夜看书。相偎相抱取欢娱。止不过迭应举，及第待何如。

　　百忙里铰甚鞋样儿，寂寞罗帏冷篆香。向前搂定可憎娘。止不过赶嫁妆，误了又何妨。

　　两幕小场景，同是求欢，两样心境。一个活泼泼何等调皮，一个酸溜溜着实吃醋。大千世界里，情欲幻化出了无数可爱的众生相。

〔中吕〕阳春曲·知己

白朴

不因酒困因诗困，常被吟魂恼醉魂。四时风月一闲身。无用人，诗酒乐天真。

世上有味之事，包括诗、酒、哲学、爱情，往往无用。吟无用之诗，醉无用之酒，读无用之书，钟无用之情，终于成一无用之人，却因此活得有滋有味。

〔双调〕庆东原

白朴

忘忧草，含笑花，劝君闻早冠宜挂。那里也能言陆贾？那里也良谋子牙？那里也豪气张华？千古是非心，一夕渔樵话。

我也有一问：哪里也闲适渔樵？进取也罢，退隐也罢，都逃不脱时光的变迁。

不过，立足于自然看历史，的确可以使人看淡世间的功名是非。

〔越调〕凭阑人

姚燧

马上墙头瞥见他，眼角眉尖拖逗咱。论文章他爱咱，睹妖娆咱爱他。

有邂逅才有人生魅力。有时候，不必更多，不知来自何方的脉脉含情的一瞥，就足以驱散岁月的阴云，重新唤起我们对幸福的信心。

〔越调〕凭阑人·寄征衣

姚燧

欲寄君衣君不还，不寄君衣君又寒。寄与不寄间，妾身千万难。

夫君在外，怕他受苦，又怕他享福而忘了自己，总之是不放心。简单又复杂的心思，多么真实。

爱就是心疼。如何疼一个人又不把他惯坏了，这始终是摆在贤妻（如今又加上贤夫）面前的一个难题。那惯常被疼的一方最好明白，在这世界上，谁都是需要有人疼的"孤儿"。

〔南吕〕四块玉·巫山庙

马致远

暮雨迎，朝云送，暮雨朝云去无踪。襄王谩说阳台梦。云来也是空，雨来也是空，怎捱十二峰。

人生如梦，爱情是梦中之梦。诸色皆空，色欲乃空中之空。可是，若无爱梦萦绕，人生岂不更是赤裸裸的空无。离了暮雨朝云，巫山纵然万古长存，也只是一堆死石头罢了。

〔南吕〕四块玉·叹世

马致远

两鬓皤，中年过，因甚区区苦张罗？人间宠辱都参破。种春风二顷田，远红尘千丈波，倒大来闲快活。

人过中年，是应该参破荣辱，彻悟人生了。不过，彻悟倒未必只有归隐一途。身在红尘，仍能逍遥自在，方见出真功夫。

〔越调〕天净沙·秋思

马致远

枯藤老树昏鸦，小桥流水人家，古道西风瘦马。夕阳西下，断肠人在天涯。

读者看到的是一幅美丽的剪影。唯有那位流落天涯的主人公，才真正知道断肠的滋味。

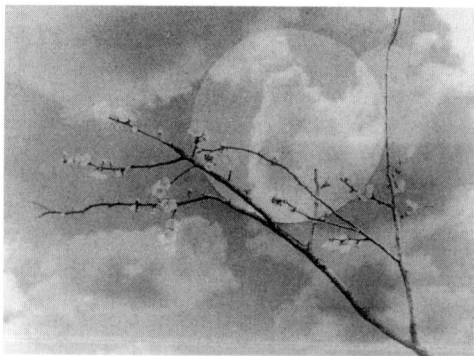

〔双调〕寿阳曲（三首）

马致远

云笼月，风弄铁，两般儿助人凄切。剔银灯欲将心事写，长吁气一声欲灭。

从别后，音信绝，薄情种害煞人也。逢一个见一个因话说，不信你耳轮儿不热。

心间事，说与他，动不动早言两罢。罢字儿磣可可你道是要，我心里怕那不怕。

自古多痴情女、薄情郎。但女人未必都是弱者，有的女人是用软弱武装起来的强者。

〔双调〕寿阳曲

马致远

相思病，怎地医，只除是有情人调理。相偎相抱诊脉息，不服药自然圆备。

真理往往是朴实的。

不过，应该补充一句：朴实的未必切实可行。真理有时是朴实的空话。

〔双调〕寿阳曲·潇湘夜雨

马致远

渔灯暗，客梦回，一声声滴人心碎。孤舟五更家万里，是离人几行情泪。

家太平凡了，再温馨的家也充满琐碎的重复，所以家庭生活是难以入诗的。相反，羁旅却富有诗意。可是，偏偏在羁旅诗里，家成了一个中心意象。只有在"孤舟五更家万里"的情境中，我们才真正感受到家的可贵。

〔双调〕寿阳曲·烟寺晚钟

马致远

　　寒烟细，古寺清，近黄昏礼佛人静。顺西风晚钟三四声，怎生教老僧禅定？

　　看破红尘易，忍受孤独难。在长期远离人寰的寂静中，一个人不可能做任何事，包括读书、写作、思考，甚至包括禅定。因为禅定也是一种人类活动，唯有在人类的氛围中才能进行。

〔中吕〕十二月过尧民歌·别情

王实甫

自别后遥山隐隐，更那堪远水粼粼。见杨柳飞绵滚滚，对桃花醉脸醺醺。透内阁香风阵阵，掩重门暮雨纷纷。

怕黄昏忽地又黄昏，不销魂怎地不销魂。新啼痕压旧啼痕，断肠人忆断肠人。今春，香肌瘦几分，搂带宽三寸。

"断肠人忆断肠人"——一个"忆"字，点出了离别之苦的所在。离别之苦，就苦在心中有许多生动的记忆，眼前却看不见人。情由忆生，记忆越生动，眼前的空缺就越鲜明，人就越被思念之苦折磨，叫人如何不断肠。

〔双调〕寿阳曲

李寿卿

金刀利，锦鲤肥，更那堪玉葱纤细。添得醋来风韵美，试尝道怎生滋味。

醋味三辨：一、醋是爱情这道菜不可缺少的调料，能调出美味佳肴，并使胃口大开；二、一点醋不吃的人不解爱情滋味，一点醋味不带的爱情平淡无味；三、醋缸打翻，爱情这道菜也就烧砸了。

此曲通篇隐喻，看官自明。

〔正宫〕小梁州

贯云石

相偎相拘正情浓，争忍西东。相逢争似不相逢，愁添重，只怕画楼空。垂杨渡口人相送，拜深深暗祝东风，高挂帆，休吹动，只留一宿，天意肯相容。

在男人心目中，那种既痴情又知趣的女人才是理想的情人。痴情，他得到了爱。知趣，他得到了自由。可见男人多么自私。

〔中吕〕红绣鞋

贯云石

返旧约十年心事，动新愁半夜相思。常记得小窗人静夜深时。正西风闲时水，秋兴浅不禁诗，凋零了红叶儿。

往事付流水。然而，人生中有些往事是岁月带不走的，仿佛愈经冲洗就愈加鲜明，始终活在记忆中。我们生前守护着它们，死后便把它们带入了永恒。

〔中吕〕红绣鞋

贯云石

挨着靠着云窗同坐，偎着抱着月枕双歌，听着数着愁着怕着早四更过。四更过情未足，情未足夜如梭。天哪，更闰一更儿妨甚么！

良夜苦短，"四更过情未足"的爱侣求老天再"闰一更儿"，娇憨里夹着无奈。青春易老，年过中年的某男某女自许减去十岁，潇洒中透着辛酸。我们整个儿在时间的掌握之中，只求它让出一点儿零头归我们掌握，仅此就足以使我们像孩子一般快乐了。但时间是严父，常常连这一点儿要求也拒绝。

〔中吕〕醉高歌过喜春来·题情

贯云石

自然体态温柔，可意庞儿奈羞。看时节偷眼将人溜，送与人些风流证候。蜂媒蝶使空迤逗，燕子莺儿不自由。恰便似一枝红杏出墙头，不能够折入手，空教人风雨替花羞。

美人自视甚高，漂亮女子往往矜持。美人不甘寂寞，漂亮女子往往风流。这两种因素相混合又相制约，即成魅力。一味矜持的冷美人，或者十足风流的荡妇，便无此等魅力。

〔双调〕清江引·知足

贯云石

烧香扫地门半掩，几册闲书卷。识破幻泡身，绝却功名念，高竿上再不看人弄险。

读闲书是人生乐事，但要读得兴味盎然而不是意气消沉。一个人是可以"识破幻泡身"而依然热爱血肉躯，"绝却功名念"而依然关心天下事的。

〔双调〕殿前欢

贯云石

怕相逢，怕相逢歌罢酒樽空。醉归来纵有阳台梦，云雨无踪。楼心月扇底风，情缘重。恨不似《钗头凤》。东阳瘦损，羞对青铜。

人生的滋味，最能在相逢离别间品出。别是十足的苦，逢却不是纯粹的甜。欢乐不能常驻，使欢乐中也掺和了悲愁。

然而，请君珍惜相逢的时光，当歌且歌，能醉且醉，不要因为必有的别离糟蹋了相聚的欢乐。纵然有苦味，人生仍是一樽美酒！

〔双调〕殿前欢

贯云石

怕秋来，怕秋来秋绪感秋怀。扫空阶落叶西风外。独立苍苔，看黄花谩自开。人安在？还不彻相思债。朝云暮雨，都变了梦里阳台。

没有相思，便没有情人。没有襄王一梦，便没有巫山云雨。人安在？在相思中，在梦中。人生并不空，因为有梦。

〔双调〕殿前欢

贯云石

隔帘听，几番风送卖花声。夜来微雨天阶净。小院闲庭，轻寒翠袖生。穿芳径，十二阑干凭。杏花疏影，杨柳新晴。

春天里的少女是一个谜。少女心里的春天也是一个谜。诗人以猜谜为乐，却不泄露谜底。不过，在诗人心中和上帝眼中，谜底截然不同。

〔双调〕雁儿落过得胜令·闲适

邓玉宾子

乾坤一转丸，日月双飞箭。浮生梦一场，世事云千变。

万里玉门关，七里钓鱼滩。晓日长安近，秋风蜀道难。

休干，误杀英雄汉。看看，星星两鬓斑。

浮生若梦，何妨就当它是梦，尽兴地梦它一场？世事如云，何妨就当它是云，从容地观它千变？

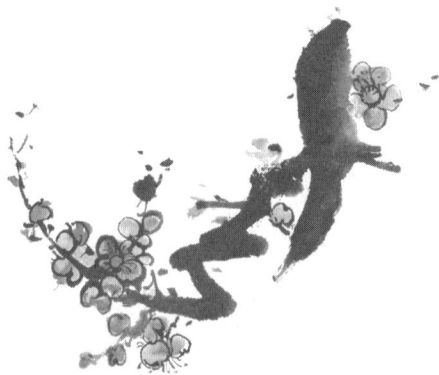

〔中吕〕山坡羊·述怀

张养浩

无官何患，无钱何惮，休教无德人轻慢。你便列朝班，铸铜山，止不过只为衣和饭。腹内不饥身上暖。官，君莫想；钱，君莫想。

今天仍有许多人为官为钱而道德沦丧，张养浩的忠告仿佛是说给他们听的。

人的肉体需要是有限的，无非"腹内不饥身上暖"而已，超出此的便是奢侈。为求奢侈，多少人想官想钱，蝇营狗苟，搭进了一辈子光阴。舍了奢侈，则能省下许多精力，在精神上求满足和发展。所以我说：活得简单才能活得自由。

〔中吕〕山坡羊·骊山怀古
张养浩

骊山四顾，阿房一炬，当时奢侈今何处？只见草萧疏，水萦纤，至今遗恨迷烟树。列国周齐秦汉楚。赢，都变做了土；输，都变做了土。

输和赢都变做了土，不输不赢就不变做土了么？不过，明白此理，就可以把人间输赢看淡些了。

〔中吕〕山坡羊·北邙山怀古
张养浩

悲风成阵，荒烟埋恨，碑铭残缺应难认。知他是汉朝君，晋朝臣？把风云庆会消磨尽，都做北邙山下尘。便是君，也唤不应；便是臣，也唤不应。

在无穷岁月中，王朝更替只是过眼烟云，千秋功业只是断碑残铭。此种认识，既可开阔胸怀，造就豪杰，也可消沉意志，培育弱者。看破红尘的后果是因人而异的。

〔双调〕胡十八

张养浩

正妙年，不觉的老来到。思往常，似昨朝。好光阴流水不相饶。都不如醉了，睡着。任金乌搬废兴，我只推不知道。

光阴似箭，人生易老，实在是最无奈的事，引发了多少悲叹。装糊涂，"只推不知道"，当然不是好办法，事实上也难做到。不过，许多时候，我们不是装糊涂，而是真糊涂。活在眼前，被具体的生活所吸引，忘记了岁月的流逝和死亡的来临。这是生命本身的魔力。

〔双调〕雁儿落兼清江引

张养浩

喜山林眼界高，嫌市井人烟闹。过中年便退官，再不想长安道。

绰然一亭尘世表，不许俗人到。四面桑麻深，一带云山妙，这一搭儿快活直到老。

我相信世上多的是一辈子住城市而从不嫌吵闹的老百姓，却找不到一个一辈子住山林而从不觉寂寞的知识分子。

〔中吕〕朝天曲

张养浩

柳堤，竹溪，日影筛金翠。杖藜徐步近钓矶。看鸥鹭闲游戏。农父渔翁，贪营活计，不知他在图画里。对着这般景致，坐的，便无酒也令人醉。

人生是一幅图画，观其细部，许多美景令人陶醉，观其全景，整幅画意却令人悲伤。世人往往一辈子贪营活计，不知自己在图画里，免去了清醒观画的痛苦，但也失去了恬然赏画的享受。

也许，人生应是两种境界的交替，时而能投入地做手中的活计，不知自己在图画里，时而能跳出来看人生之画的全貌，也从这全貌出发看一看那贪营活计的自己。

〔中吕〕朱履曲

张养浩

弄世界机关识破。叩天门意气消磨。人潦倒青山慢嵯峨。前面有千古远，后头有万年多。量半炊时成得甚么。

天地悠悠，生命短促，一个人一生做不成许多事。明白了这一点，就可以善待自己，不必活得那么紧张匆忙了。明白了这一点，也就可以超脱功利，只为自己高兴做成几件事了。

〔越调〕天净沙·闲居

张养浩

休言咱是谁非，只宜似醉如痴，便得功名待怎地？无穷天地，那驼儿用你精细。

"无穷天地，那驼儿用你精细。"此言可送天下精细人做座右铭。

数学常识：当分母为无穷大时，不论分子为几，其值均等于零。而你仍在分子上精细，岂不可笑？

〔南吕〕骂玉郎过感皇恩采茶歌·闺中闻杜鹃

曾瑞

无情杜宇闲淘气，头直上耳根底。声声聒得人心碎。你怎知，我就里，愁无际。

帘幕低垂，重门深闭。曲阑边，雕檐外，画楼西。把春醒唤起，将晓梦惊回。无明夜，闲聒噪，厮禁持。

我几曾离，这绣罗帏，没来由劝我道不如归。狂客江南正着迷，这声儿好去对俺那人啼。

单思或酸或辣，相思亦苦亦甜，思念的滋味最是一言难尽。

〔中吕〕红绣鞋·风情

曾瑞

值暮景烟花领袖，点秋霜风月班头。少年狂翻作老来羞。有人处把些礼数，无人处结遍绸缪。任谁问休道咱共你有。

老来风流，有人传为佳话，有人斥为丑闻。其实，都大可不必，只需用平常眼光去看待，无非是有一分热发一分热罢了。

〔中吕〕喜春来·闺怨

曾瑞

当时欢喜言盟誓，今日更璘珊说是非。世间你是负心贼。休卖嘴，暗有鬼神知。

情人间的盟誓不可轻信，夫妻间的是非不可妄断。

〔正宫〕叨叨令·自叹

周文质

　　筑墙的曾入高宗梦，钓鱼的也应飞熊梦；受贫的是个凄凉梦，做官的是个荣华梦。笑煞人也末哥，笑煞人也末哥，梦中又说人间梦。

　　周文质嘲笑人间荣辱皆是梦，末了自嘲"梦中又说人间梦"。的确，凡活着的人，谁也摆脱不了人生这个大梦。即使看破人生，皈依佛门，那灭绝苦乐的涅槃境界仍是一个梦。不过，能够明白这一点，不以觉者自居，也就算得上是觉者了。

［正宫］叨叨令·四景

周文质

　　春寻芳竹坞花溪边醉，夏乘舟柳岸莲塘上醉，秋登高菊径枫林下醉，冬藏钩暖阁红炉前醉。快活也末哥，快活也末哥，四时风月皆宜醉。

　　四时风月，在悲观者眼中皆恼人，在乐观者眼中皆醉人。伤春者必定也悲秋，而夏令营里的玩将和冬运会上的健儿则往往是同一个人。

〔正宫〕叨叨令·悲秋

周文质

　　叮叮当当铁马儿乞留玎琅闹，啾啾唧唧促织儿依柔依然叫。滴滴点点细雨儿淅零淅留哨，潇潇洒洒梧叶儿失流疏刺落。睡不着也末哥，睡不着也末哥，孤孤零零单枕上迷飚模登靠。

　　失眠的滋味，春秋有别。春夜是小夜曲，秋夜是安魂曲。春夜听鸟鸣，秋夜听鬼哭。春夜怀人，秋夜悲己。春夜是色，秋夜是空。

〔越调〕寨儿令

周文质

弹玉指，觑腰肢，想前生欠他憔悴死。锦帐琴瑟，罗帕胭脂，则落得害相思。曾约在桃李开时，到今日杨柳垂丝。假题情绝句诗，虚写恨断肠词，嗏，都扯做纸条儿。

世上痴男怨女一旦翻脸，就斥旧情为假，讨回情书"都扯做纸条儿"，原来自古已然。

情当然有真假之别。但是，真情也可能变化。懂得感情的人珍惜以往一切爱的经历。

〔双调〕风入松·忆旧（二首）

赵禹圭

怨东风不到小窗纱，枉辜负荏苒韶华。泪痕洇透香罗帕，凭阑干望夕阳西下。恼人情愁闻杜宇，凝眸处数归鸦。

记前日席上泛流霞，正遇着宿世冤家。自从见了心牵挂，心儿里撇他不下。梦儿里常常见他，说不的半星儿话。

世上并无命定的姻缘，但是，那种一见倾心、终生眷恋的爱情的确具有一种命运般的力量。

〔正宫〕绿幺遍·自述

乔吉

不占龙头选，不入名贤传。时时酒圣，处处诗禅。烟霞状元，江湖醉仙。笑谈便是编修院。留连，批风抹月四十年。

有的人活得精彩，有的人活得自在，活得潇洒者介乎其间，而非超乎其上。

〔中吕〕红绣鞋·书所见

乔吉

脸儿嫩难藏酒晕，扇儿薄不隔歌尘。佯整金钗暗窥人。
凉风醒醉眼，明月破诗魂，料今宵怎睡得稳。

眼睛是爱情的器官，其主要功能是顾盼和失眠。

〔双调〕雁儿落过得胜令·忆别

乔吉

殷勤红叶诗，冷淡黄花市。清江天水笺，白雁云烟字。
游子去何之，无处寄新词。酒醒灯昏夜，窗寒梦觉时。
寻思，谈笑十年事；嗟咨，风流两鬓丝。

聚散乃人生寻常事，却也足堪叹息。最可叹的是散时视为
寻常，不料再聚无日，一别竟成永诀。或者青春相别，再见时
皆已白头，彼此如同一面镜子，瞬间照出了岁月的无情流逝。

〔中吕〕山坡羊·冬日写怀
乔吉

　　朝三暮四，昨非今是，痴儿不解荣枯事。攒家私，宠花枝，黄金壮起荒淫志，千百锭买张招状纸。身，已至此；心，犹未死。

恶少和情种形似神不似，下流和风流不可同日而语。

〔双调〕折桂令·客窗清明
乔吉

　　风风雨雨梨花，窄索帘栊，巧小窗纱。甚情绪灯前，客怀枕畔，心事天涯。三千丈清愁鬓发，五十年春梦繁华。蓦见人家，杨柳分烟，扶上檐牙。

羁旅蓦见春色，最能触动愁肠。一样惆怅心绪，但青年人是迷惘前程，老年人却是萦怀往事。

〔中吕〕山坡羊·与邸明谷孤山游饮
刘时中

诗狂悲壮，杯深豪放，恍然醉眼千峰上。意悠扬，气轩昂，天风鹤背三千丈。浮生大都空自忙。功，也是谎；名，也是谎。

谁都知道"浮生大都空自忙"，但有几人能"偷得浮生半日闲"呢？

〔正宫〕塞鸿秋
薛昂夫

功名万里忙如燕，斯文一脉微如线。光阴寸隙流如电，风霜两鬓白如练。尽道便休官，林下何曾见，至今寂寞彭泽县。

"尽道便休官，林下何曾见，至今寂寞彭泽县。"原因在于，人们尽可慕林下高洁之名，却难耐林下寂寞之实。即使淡于功名的人，也未必受得了长期与世隔绝。所以，在世上忙碌着的不都是热衷功名之徒。

［双调］蟾宫曲·叹世

薛昂夫

　　鸡羊鹅鸭休争，偶尔相逢，堪炙堪烹。天地中间，生老病死，物理常情。有一日符到奉行，只图个月朗风清。笑杀刘伶，荷锸埋尸，犹未忘形。

　　《晋书》记载：刘伶常乘鹿车，携一壶酒，使人荷锸而随之，谓曰："死便埋我。"薛昂夫讥他"犹未忘形"，因为他还惦着尸体。讥得对。薛自己的态度是："有一日符到奉行，只图个月朗风清。"图得美。不过，死还要选个好天气，岂不也是"犹未忘形"？

〔双调〕蟾宫曲·快阁怀古
薛昂夫

　　舣扁舟快阁盘桓,看一道澄江,落木千山。自山谷留题,坡仙阁笔,我试凭阑。问今古诗人往还,比盟鸥几个能闲。天地中间,物我无干。只除是美酒佳人,意颇相关。

　　物我两忘,唯独忘不了美酒佳人。也许,物我两忘的化境太玄妙,常人难以企及,沉湎酒色倒是入境的捷径?可惜酒会醒,色会衰,免不了又回到物的世界,面对我的孤独。

〔越调〕凭阑人·春日怀古
赵善庆

　　铜雀台空锁暮云,金谷园荒成路尘。转头千载春,断肠几辈人。

　　断肠人原是销魂客。有情者最知岁月无情,无情岁月卷走了多少有情生涯。

［中吕］朝天子·闺情

张可久

与谁、画眉，猜破风流谜。铜驼巷里玉骢嘶，夜半归来醉。小意收拾，怪胆矜持，不识羞谁似你！自知、理亏，灯下和衣睡。

一个理直气壮训斥，一个低声下气挨训，多么喜剧性的场面。她无疑是赢家，既惩罚了他也宽恕了他，证明自己握有双重的权力。

如同一切游戏一样，犯规和惩罚也是爱情游戏的要素。当然，前提是犯规者无意退出游戏。不准犯规，或犯了规不接受惩罚，游戏都进行不下去了。

〔中吕〕山坡羊·闺思

张可久

云松螺髻，香温鸳被，掩春闺一觉伤春睡。柳花飞，小琼姬，一声"雪下呈祥瑞"，团圆梦儿生唤起。"谁，不做美？呸，却是你！"

女人比男人更信梦。在女人的生活中，梦占据着不亚于现实的地位。

男人不信梦，但也未必相信现实。当男人感叹人生如梦时，他是把现实和梦一起否定了。

〔南吕〕四块玉·客中九日

张可久

落帽风，登高酒。人远天涯碧云秋，雨荒篱下黄花瘦。愁又愁，楼上楼，九月九。

每到重阳，古人就登高楼，望天涯，秋愁满怀。今人一年四季关在更高的高楼里，对季节毫无感觉，不知重阳为何物。

〔双调〕清江引·秋怀

张可久

西风信来家万里，问我归期未？雁啼红叶天，人醉黄花地，芭蕉雨声秋梦里。

秋天到了。可是，哪里是红叶天，黄花地？在现代人的世界里，甚至已经没有了天和地。我们已经自弃于自然和季节。

〔双调〕折桂令·九日

张可久

对青山强整乌纱，归雁横秋，倦客思家。翠袖殷勤，金杯错落，玉手琵琶。人老去西风白发，蝶愁来明日黄花。回首天涯，一抹斜阳，数点寒鸦。

秋天是成熟和萧条的季节。人生的秋天，一种既充实又空虚的心境。繁花已凋落，果实已收获，该回家了……

〔双调〕庆东原

张可久

诗情放，剑气豪。英雄不把穷通较。江中斩蛟，云间射雕，席上挥毫。他得志笑闲人，他失脚闲人笑。

以闲人的心态入世，做自己的旁观者，得志和失脚就都成了好玩的事。英雄原来是闲人，所以能够不把穷通较。

〔双调〕沉醉东风·春情

徐再思

一自多才间阔，几时盼得成合？今日个猛见他门前过，待唤着怕人瞧科。我这里高唱当时水调歌，要识得声音是我。

邂逅后各奔东西，阔别后又不期而遇，也算是有缘了。缘分有深有浅，何不顺其自然？

〔双调〕蟾宫曲·春情

徐再思

平生不会相思，才会相思，便害相思。身似浮云，心如飞絮，气若游丝。空一缕余香在此，盼千金游子何之。证候来时，正是何时？灯半昏时，月半明时。

相思是一篇冗长的腹稿，发表出来往往很短，幽会佳期一晃而过。

〔双调〕水仙子·夜雨

徐再思

一声梧叶一声秋。一点芭蕉一点愁。三更归梦三更后。落灯花棋未收，叹新丰逆旅淹留。枕上十年事，江南二老忧，都到心头。

人在孤身逆旅中最易感怀人生，因为说到底，人生在世也无非是孤身逆旅罢了。

〔越调〕天净沙·题情

徐再思

多才惹得多愁，多情便有多忧。不重不轻证候，甘心消受，谁教你会风流。

所谓多愁善感，善感实为多愁的根源。多一分情，便多一分人世间的牵挂。怎么办呢？徐再思说得好："不重不轻症候，甘心消受，谁教你会风流。"风流自有风流的代价。当然，那种有欲无情的假风流不在此例。

然而，情至深如贾宝玉者，就是重症甚至绝症，没有一个凡俗之躯消受得起，终于只好出家。

〔仙吕〕后庭花

吕止庵

西风黄叶疏，一年音信无。要见除非梦，梦回总是虚。梦虽虚，犹兀自暂时节相聚。近新来和梦无。

梦虽虚，胜似无梦。人生大梦何尝不是如此？纵然结局是零，人生仍然是值得一过的。

〔仙吕〕醉扶归（二首）

吕止庵

瘦后因他瘦，愁后为他愁。早知伊家不应口，谁肯先成就。营勾了人也罢手，吃得我些酪子里骂低低的咒。

有意同成就，无意大家休。几度相思几度愁，风月虚遥授。你若肯时肯不肯时罢手，休把人空拖逗。

在情场上，两造都真，便刻骨铭心爱一场；两造都假，也无妨逢场作戏玩一场。最要命的是一个真，一个假，就会种下怨恨甚至灾祸了。主动的假，玩弄感情，自当恶有恶报。被动的假，虚与委蛇，亦非明智之举。对于真情，是开不得玩笑，也敷衍不得的。"你若肯时肯不肯时罢手，休把人空拖逗。"——这是一句忠告。

［双调］行香子·别恨

朱庭玉

帘幕空垂，院宇幽凄，步回廊自恨别离。鬓松鬟发，束减腰围。见人羞，惊人问，怕人知。

最深邃的爱都是"见人羞，惊人问，怕人知"的，因为一旦公开，就会走样和变味。

〔中吕〕普天乐·咏世

张鸣善

　　洛阳花，梁园月。好花须买，皓月须赊。花倚栏干看烂熳开，月曾把酒问团圆夜。月有盈亏花有开谢，想人生最苦离别。花谢了三春近也，月缺了中秋到也，人去了何日来也？

　　月亏了能再盈，花谢了能再开。可是，人别了，能否再见却属未知。这是一。开谢盈亏，花月依旧，几度离合，人却老了。这是二。人生之所以最苦别离，就因为离别最使人感受到人生无常。

〔中吕〕普天乐

张鸣善

　　雨儿飘，风儿扬。风吹回好梦，雨滴损柔肠。风萧萧
梧叶中，雨点点芭蕉上。风雨相留添悲怆，雨和风卷起凄凉。
风雨儿怎当？风雨儿定当。风雨儿难当！

　　"风雨儿怎当？风雨儿定当。风雨儿难当！"这三句话说
出了人们对于苦难的感受的三个阶段：事前不敢想象，到时必
须忍受，过后不堪回首。

〔中吕〕普天乐·赠妓

张鸣善

　　口儿甜，庞儿俏。性格儿稳重，身子苗条。多情杨柳腰，春暖桃花萼。见人便厌的拜忽的羞吸的笑，引的人魄散魂消。人前面看好，樽席上出色，手掌里擎着。

　　静态仅是漂亮，动态才具魅力。见了人落落大方地行礼，又忽然地害起羞来，又吃吃地笑起来，于是"引的人魄散魂消"。羞怯和大方，庄重和调皮，相反的因素搭配出了一种风情的效果。

〔双调〕水仙子·东湖所见

杨朝英

东风深处有娇娃，杏脸桃腮鬓似鸦。见人羞行入花阴下，笑吟吟回顾咱，惹诗人纵步随他。见软地儿把金莲印，唐土儿将绣底儿踏，恨不得双手忙拿。

在风情女子对男人的态度里，往往混合了羞怯和大胆。羞怯来自对异性的高度敏感，大胆来自对异性的浓烈兴趣，二者形异而质同。她躲避着又挑逗着，拒绝着又应允着，风情万种，使得男人的心为之七上八下。如果这出于自然，是可爱的，如果成为一种技巧，就令人反感了。

〔中吕〕醉高歌过红绣鞋·寄金莺儿

贾固

　　乐心儿比目连枝，肯意儿新婚燕尔。画船开抛闪的人独自，遥望关西店儿。

　　黄河水流不尽心事，中条山隔不断相思。当记得夜深沉、人静悄、自来时。来时节三两句话，去时节一篇诗，记在人心窝儿里直到死。

　　匆匆聚散，终生眷念，人生真是太短促也太漫长了。短促，只够刻骨铭心一回。漫长，牵肠挂肚要到何时？

〔中吕〕阳春曲·秋思

周德清

　　千山落叶岩岩瘦，百结柔肠寸寸愁，有人独倚晚妆楼；楼外柳，眉叶不禁秋。

　　"有人独倚晚妆楼"——何等有力的引诱！她以醒目的方式提示了爱的缺席。女人一孤独，就招人怜爱了。

　　相反，在某种意义上，孤独是男人的本分。

〔双调〕蟾宫曲
周德清

倚篷窗无语嗟呀，七件儿全无，做甚么人家？柴似灵芝，油如甘露，米若丹砂。酱瓮儿恰才梦撒，盐瓶儿又告消乏。茶也无多，醋也无多，七件事尚且艰难，怎生教我折柳攀花。

〔正宫〕醉太平
钟嗣成

绕前街后街，进大院深宅。怕有那慈悲好善小裙衩，请乞儿一顿饱斋，与乞儿绣副合欢带，与乞儿换副新铺盖，将乞儿携手上阳台。设贫咱波奶奶！

两首小令都说穷，也都落脚在性上，而姿态正相反，前者唉声叹气无缘风月，后者死皮赖脸乞讨艳福。

世人嘲笑癞蛤蟆想吃天鹅肉，但天下确有癞蛤蟆终于吃上天鹅肉的事，不过，此时世人一定会考证出来，这只癞蛤蟆原来是青蛙王子。

〔双调〕凌波仙·吊沈和甫

钟嗣成

　　五言常写和陶诗，一曲能传冠柳词，半生书法欺颜字。占风流独我师，是梨园南北分司。当时事，仔细思，细思量不是当时。

　　"当时事，仔细思，细思量不是当时。"的确如此。在我们的记忆中找不到真正的"当时"，我们无法用记忆来留住逝去的人和事。李商隐诗："此情可待成追忆，只是当时已惘然。"事实是，不但当时，而且后来的追忆也是惘然的。

〔双调〕清江引·情（二首）

钟嗣成

　　夜长怎生睡得着，万感萦怀抱。伴人瘦影儿，惟有孤灯照，长吁气一声吹灭了。

　　昨先话儿说甚底，今日都翻悔。直恁铁心肠，不管人憔悴，下场头送了我都是你！

　　愁极无言，唯有一声长叹，如何诌得出秾词艳语？怨甚有气，快语脱口而出，哪里容得了字斟句酌？真情实感见诸文字必是质朴的，唯有无病呻吟者才会热衷于堆砌词藻。

〔正宫〕醉太平·警世（二首）

汪元亨

莫争高竞低，休说是谈非，此身不肯羡轻肥，且埋名隐迹。叹世人用尽千般计，笑时人倚尽十分势，看高人着尽一枰棋。老先生见机。

耳闻时做聋，眼见处推盲。且达时知务暗包笼，权妆个懵懂。听人着冷话来调弄，由人着死句相讥讽，任人着假意厮过送。老先生不懂。

有时候，冷眼旁观是因为太热血沸腾，装糊涂是因为太明白。

〔中吕〕朝天子·归隐

汪元亨

　　身不出敝庐，脚不登仕途，名不上功劳簿。窗前流水枕边书，深参透其中趣。大泽诛蛇，中原逐鹿，任江山谁做主。孟浩然跨驴，严子陵钓鱼，快活煞闲人物。

　　闲则闲矣，快活却未必。秦始皇主江山，隐士也要杀头的。江山谁做主可不是一件无所谓的事。

〔中吕〕朝天子·赴约

刘庭信

　　夜深深静悄，明朗朗月高，小书院无人到。书生今夜且休睡着，有句话低低道：半扇儿窗棂，不须轻敲，我来时将花树儿摇。你可便记着，便休要忘了，影儿动咱来到。

　　私情，密约，幽会——共有了一份秘密，也就共有了一份甜蜜。最难忘的是生命中那些花影摇动的夜晚……

［双调］折桂令·忆别

刘庭信

　　想人生最苦别离，唱到阳关，休唱三叠。急煎煎抹泪柔眸，意迟迟揉腮搣耳，呆答孩闭口藏舌。"情儿分儿你心里记者，病儿痛儿我身上添些，家儿活儿既是抛撇，书儿信儿是必休绝，花儿草儿打听的风声，车儿马儿我亲自来也！"

　　莫怪痴女诉说思念情，说到末了竟出泼辣腔，须知一切牺牲都期望回报，在爱情中尤其如此。不过，车儿马儿急匆匆去了，花儿草儿竟被查实，又当如何，却是一个难题。

〔双调〕水仙子·相思

刘庭信

恨重叠，重叠恨，恨绵绵，恨满晚妆楼。愁积聚，积聚愁，愁切切，愁斟碧玉瓯。懒梳妆，梳妆懒，懒设设，懒蓺黄金兽。泪珠弹，弹珠泪，泪汪汪，汪汪不住流。病身躯，身躯病，病恹恹，病在我心头。花见我，我见花，花应憔瘦。月对咱，咱对月，月更害羞。与天说，说与天，天也还愁。

相思的后果：一愁，二懒，三病。对策：先治懒，强迫自己做事。勤能驱愁，也能防病。

快乐，活泼，健康，爱与汝同在。

［双调］对玉环带清江引·闺怨

汤式

　　香透帘栊，藕花风渐生。影上阑干，梧桐月正明。何处理银筝，谁家调玉笙。空有佳音，佳音不待听。料想归期，归期未有程。

　　他卖词章在柳营花阵里逞，不管人孤另。扯破紫香囊，摔碎青铜镜，西厢下再不和月等。

　　闺情、闺思、闺愁，到头来往往走向闺怨、闺恨乃至闺中歇斯底里。在中国古代女子的闺房里，不知掩埋过多少无声的悲剧。

〔双调〕蟾宫曲

汤式

冷清清人在西厢，叫一声张郎，骂一声张郎。乱纷纷花落东墙，问一会红娘，絮一会红娘。枕儿余，衾儿剩，温一半绣床，间一半绣床。月儿斜，风儿细，开一扇纱窗，掩一扇纱窗。荡悠悠梦绕高唐，萦一寸柔肠，断一寸柔肠。

女子乍有了心上人，心情极缠绵曲折：思念中夹着怨嗔，急切中夹着羞怯，甜蜜中夹着苦恼。一般男子很难体察其中奥秘，因为缺乏细心，或者耐心。

［越调］小桃红·春情

汤式

娇娥一捻粉团香，搭伏定牙床上，雨魄云魂姿飘荡。唤才郎，攻书独坐何情况。看看的月临绣窗，寒生罗帐，睡早些又何妨？

呆秀才挑灯夜读，俏新娘倚床叫春，多么喜剧性的场面。然而，可以断言，如此厮守下去，不是呆秀才被调教成风流郎，便是俏新娘被磨炼成糟糠妻，否则非离婚不可。

换个角度看，太缠绵的爱情和太吵闹的婚姻一样，大约也是妨碍用功的。要想安心做学问，伴侣关系以淡静为宜。

〔正宫〕醉太平·嘲秀才上花台

汤式

　　生居在孔门，供养甚花神？今年撞入翠红裙，被虔婆每议论。星里来月里去又笑书生嫩，多则与少则许又骂酸丁吝，寝不言食不语又道秀才村，我可甚文章立身！

　　谢馆青楼，灯红酒绿，四星级五星级，富人们的天下，岂是穷书生光顾的场所？万一撞入，能不受人白眼，自惭形秽？

　　可是，据说文明古国曾有娼妓爱文化也爱文化人的时代。

〔南吕〕四块玉·风情

兰楚芳

　　我事事村，他般般丑，丑则丑村则村意相投。则为他丑心儿真，博得我村情儿厚。似这般丑眷属，村配偶，只除天上有。

　　爱情是盲目的，只要情投意合，仿佛就一俊遮百丑。爱情是心明眼亮的，只要情深意久，确实就一俊遮百丑。

〔南吕〕四块玉·风情
兰楚芳

意思儿真，心肠儿顺，只争个口角头不圆囵。怕人知，羞人说，嗔人问。不见后又嗔，得见后又忖，多敢死后肯。

有时候，女人的犹豫乃至抗拒是一种期望，期望你来攻破她的堡垒。当然，前提是"意思儿真，心肠儿顺"，她的确爱上了你。她不肯投降，是因为她盼望你作为英雄去辉煌地征服她，把她变成你的光荣的战俘。

〔仙吕〕三番玉楼人
无名氏

风摆檐间马，雨打响碧窗纱，枕剩衾寒没乱煞。不着我题名儿骂，暗想他，忒情杂。等来家，好生的歹斗咱。我将那厮脸儿上不抓，耳轮儿揪罢，我问你"昨夜宿谁家"？

幽会失约是最不可饶恕的过错，她在气愤中想象着种种极富女人气的复仇计划。但是，这些计划多半不会兑现，其作用仅是在想象中宣泄愤恨，从而能够熬过这空等一场的凄凉。

〔中吕〕红绣鞋

无名氏

窗外雨声声不住，枕边泪点点长吁，雨声泪点急相逐。雨声儿添凄惨，泪点儿助长吁，枕边泪倒多如窗外雨。

女人有一千种眼泪，男人只有一种。女人流泪给男人看，给女人看，给自己看，男人流泪给上帝看。女人流泪是期望，是自怜自爱；男人流泪是绝望，是自暴自弃。

上帝保佑我不要看见男人流女人的眼泪。上帝保佑我更不要看见男人流男人的眼泪。

〔中吕〕红绣鞋

无名氏

一两句别人闲话，三四日不把门踏，五六日不来呵在谁家？七八遍买龟儿卦，久已后见他么？十分的憔悴煞。

"走自己的路，让别人去说吧！"——这句名言对于真心相爱的男女同样适用。你们屈服了，退缩了，别人仍然要说的，且说得更难听。

请记住，舆论从来是媚强凌弱的，只要你们勇往直前，终于幸福结合，别人就会闭口，——不，他们甚至还会赞美你们！

〔中吕〕四换头

无名氏

东墙花月，好景良宵凭记者。低低的说，来时节，明日早些。不志诚随灯灭。

这个临别赠言如何？

有人恋你，爱你，疼你，记着和你共度的美好时刻，惦着更美好的明天，这样活在世上真好。

活着真好！

第三辑

圣人与闲人

他用孩子般天真单纯的眼光来感受世界和人生，不受习惯和成见之围，于是常常有新鲜的体验和独到的发现。

经典和我们

我的读书旨趣，第一是把人文经典当作主要读物，第二是用轻松的方式来阅读。

读什么书，取决于为什么读。人之所以读书，无非有三种目的。一是为了实际的用途，例如，因为职业的需要而读专业书籍，因为日常生活的需要而读实用知识。二是为了消遣，用读书来消磨时光，可供选择的有各种无用而有趣的读物。三是为了获得精神上的启迪和享受，如果是出于这个目的，我觉得读人文经典是最佳选择。

人类历史上产生了那样一些著作，它们直接关注和思考人类精神生活的重大问题，因而是人文性质的，同时其影响得到了世代的公认，已成为全人类共同的财富，因而又是经典性质的。我们把这些著作称作人文经典。在人类精神探索的道路上，人文经典构成了一种伟大的传统，任何一个走在这条路上的人都无法忽视其存在。

认真地说，并不是随便读点什么都能算是阅读的。譬如说，我不认为背功课或者读时尚杂志是阅读。真正的阅读必须有灵魂的参与，它是一个人的灵魂在一个借文字符号构筑的精神世界里的漫游，是在这漫游途中的自我发现和自我成长，因而是一种个人化的精神行为。什么样的书最适合于这样的精神漫游呢？当然是经典，只要翻开它们，便会发现里面藏着一个个既独特又完整的精神世界。

　　一个人如果并无精神上的需要，读什么倒是无所谓的，否则就必须慎于选择。也许没有一个时代拥有像今天这样多的出版物，然而，很可能今天的人们比以往任何时候都阅读得少。在这样的时代，一个人尤其必须懂得拒绝和排除，才能够进入真正的阅读。这是我主张坚决不读二三流乃至不入流读物的理由。

　　图书市场上有一件怪事，别的商品基本上是按质论价，惟有图书不是。同样厚薄的书，不管里面装的是垃圾还是金子，价钱都差不多。更怪的事情是，人们宁愿把可以买回金子的钱用来买垃圾。至于把宝贵的生命耗费在垃圾上还是金子上，其间的得失就完全不是钱可以衡量的了。

　　古往今来，书籍无数，没有人能够单凭一己之力从中筛选出最好的作品来。幸亏我们有时间这位批评家，虽然它也未必绝对智慧和公正，但很可能是一切批评家中最智慧和最公正的一位，多么独立思考的读者也不妨听一听它的建议。所谓经典，就是时间这位批评家向人们提供的建议。

对经典也可以有不同的读法。一个学者可以把经典当作学术研究的对象，对某部经典或某位经典作家的全部著作下考证和诠释的功夫，从思想史、文化史、学科史的角度进行分析。这是学者的读法。但是，如果一部经典只有这一种读法，我就要怀疑它作为经典的资格，就像一个学者只会用这一种读法读经典，我就要断定他不具备大学者的资格一样。惟有今天仍然活着的经典才配叫作经典，它们不但属于历史，而且超越历史，仿佛有一颗不死的灵魂在其中永存。正因如此，阅读时，不同时代的个人都可能感受到一种灵魂觉醒的惊喜。在这个意义上，经典属于每一个人。

作为普通人，如何读经典？我的经验是，无论《论语》还是《圣经》，无论柏拉图还是康德，不妨就当作闲书来读。也就是说，阅读的心态和方式都应该是轻松的。千万不要端起做学问的架子，刻意求解。读不懂不要硬读，先读那些读得懂的、能够引起自己兴趣的著作和章节。这里有一个浸染和熏陶的过程，所谓人文修养就是这样熏染出来的。在不实用而有趣这一点上，读经典的确很像是一种消遣。事实上，许多心智活泼的人正是把这当作最好的消遣的。能否从阅读经典中感受到精神的极大愉悦，这差不多是对心智品质的一种检验。不过，也请记住，经典虽然属于每一个人，但永远不属于大众。读经典的轻松绝对不同于读大众时尚读物的那种轻松。每一个人只能作为有灵魂的个人，而不是作为无个性的大众，才能走到经典中去。如果有一天你也陶醉于阅读经典这种美妙的消遣，就会发现，自己已经距离一切大众娱乐性质的消遣非常遥远。

　　经典是人类精神财富的一个宝库，它就在我们身旁，其中的财富属于每一个人。阅读经典，就是享用这笔宝贵的财富。凡是领略过此种享受的人都一定会同意，倘若一个人活了一生一世，从未踏进这个宝库，那是遭受了多么巨大的损失啊。

孔子的洒脱

我喜欢读闲书，即使是正经书，也不妨当闲书读。譬如说《论语》，林语堂把它当作孔子的闲谈读，读出了许多幽默，这种读法就很对我的胃口。近来我也闲翻这部圣人之言，发现孔子乃是一个相当洒脱的人。

在我的印象中，儒家文化一重事功，二重人伦，是一种很入世的文化。然而，作为儒家始祖的孔子，其实对于功利的态度颇为淡泊，对于伦理的态度又颇为灵活。这两个方面，可以用两句话来代表，便是"君子不器"和"君子不仁"。

孔子是一个读书人。一般读书人寒窗苦读，心中都悬着一个目标，就是有朝一日成器，即成为某方面的专家，好在社会上混一个稳定的职业。说一个人不成器，就等于说他没出息，这是很忌讳的。孔子却坦然说，一个真正的人本来就是不成器的。也确实有人讥他博学而无所专长，他听了自嘲说，那么我就以赶马车为专长罢。

其实，孔子对于读书有他自己的看法。他主张读书要从兴趣出发，不赞成为求知而求知的纯学术态度（"知之者不如好之者，好之者不如乐之者"）。他还主张读书是为了完善自己，鄙夷那种沽名钓誉的庸俗文人（"古之学者为己，今之学者为人"）。他一再强调，一个人重要的是要有真才实学，而无须在乎外在的名声和遭遇，类似于"不患莫己知，求为可知也"这样的话，《论语》中至少重复了四次。

"君子不器"这句话不仅说出了孔子的治学观，也说出了他的人生观。有一回，孔子和他的四个学生聊天，让他们谈谈自己的志向。其中三人分别表示想做军事家、经济家和外交家。唯有曾点说，他的理想是暮春三月，轻装出发，约了若干大小朋友，到河里游泳，在林下乘凉，一路唱歌回来。孔子听罢，喟然叹曰："我和曾点想的一样。"圣人的这一叹，活泼泼地叹出了他的未染的性灵，使得两千年后一位最重性灵的文论家大受感动，竟改名"圣叹"，以志纪念。人生在世，何必成个什么器，做个什么家呢，只要活得悠闲自在，岂非胜似一切？

学界大抵认为"仁"是孔子思想的核心，至于什么是"仁"，众说不一，但都不出伦理道德的范围。孔子重人伦是一个事实，不过他到底是一个聪明人，而一个人只要足够聪明，就决不会看不透一切伦理规范的相对性质。所以，"君子而不仁者有矣夫"这句话竟出自孔子之口，他不把"仁"看作理想人格的必备条件，也就不足怪了。有人把"仁"归结为"忠恕"二字，其实孔子决不主张愚忠和滥恕。他总是区别对待"邦有道"和"邦无道"两种情况，"邦无道"之时，能逃就逃（乘桴浮于海），逃不了则少说话为好（言孙），会装傻更妙（"愚不可及"这个成语出自《论语》，其本义不是形容愚蠢透顶，而是孔子夸奖某人装傻装得高明极顶的话，相当于郑板桥说的"难得糊涂"）。他也不像基督那样，当你的左脸挨打时，要你把右脸也送上去。有人问他该不该"以德报怨"，他反问：那么用什么来报德呢？然后说，应该是用公正回报怨仇，用恩德回报恩德。

孔子实在是一个非常通情达理的人，他有常识、知分寸，丝毫没有偏执狂。"信"是他亲自规定的"仁"的内涵之一，然而他明明说"言必信，行必果"，乃是僵化小人的行径（硁硁然小人哉）。要害是那两个"必"字，毫无变通的余地，把这位老先生惹火了。他还反对遇事过分谨慎。我们常说"三思而后行"，这句话也出自《论语》，只是孔子并不赞成，他说再思就可以了。

也许孔子还有不洒脱的地方，我举的只是一面。有这一面毕竟是令人高兴的，它使我可以放心承认孔子是一位够格的哲学家了，因为哲学家就是有智慧的人，而有智慧的人怎么会一点不洒脱呢？

另一个韩愈

去年某月①，到孟县参加一个笔会。孟县是韩愈的故乡，于是随身携带了一本他的集子，作为旅途消遣的读物。小时候就读过韩文，也知道他是"文起八代之衰"的大文豪，但是印象里他是儒家道统的卫道士，又耳濡目染"五四"以来文人学者对他的贬斥，便一直没有多读的兴趣。未曾想到，这次在旅途上随手翻翻，竟放不下了，仿佛发现了另一个韩愈，一个深通人情、明察世态的韩愈。

譬如说那篇《原毁》，最早是上中学时在语文课本里读到的，当时还背了下来。可是，这次重读，才真正感觉到，他把毁谤的根源归结为懒惰和嫉妒，因为懒惰而自己不能优秀，因为嫉妒而怕别人优秀，这是多么准确。最有趣的是他谈到自己常常做一种试验,方式有二：其　是当众夸不在场的某人，结果发现，表示赞同的只有那人的朋党与那人没有利害竞争的人，以及惧

---

① 编者注：本篇为作者 1998 年 6 月所作。

怕那人的人，其余的一概不高兴。其二是当众贬不在场的某人，结果发现，不表赞同的也不外上述三种人，其余的一概兴高采烈。韩愈有这种恶作剧的心思和举动，我真觉得他是一个聪明可爱的人。我相信，一定会有一些人联想起自己的类似经验，发出会心的一笑。

安史之乱时，张巡、许远分兵坚守睢阳，一年后兵尽粮绝，城破殉难。由于城是先从许远所守的位置被攻破的，许远便多遭诟骂，几被目为罪人。韩愈在谈及这段史实时替许远不平，讲了一个很简单的道理：人之将死，其器官必有先得病的，因此而责怪这先得病的器官，也未免太不明事理了。接着叹道："小人之好议论，不乐成人之美如是哉！"这个小例子表明韩愈的心态何其正常平和，与那些好唱高调整人的假道学不可同日而语。

在《与崔群书》中，韩愈有一段话论人生知己之难得，也是说得坦率而又沉痛。他说他平生交往的朋友不算少，浅者不去说，深者也无非是因为同事、老相识、某方面兴趣相同之类表层的原因，还有的是因为一开始不了解而来往已经密切，后来不管喜欢不喜欢也只好保持下去了。我很佩服韩愈的勇气，居然这么清醒地解剖自己的朋友关系。扪心自问，我们恐怕都不能否认，世上真正心心相印的朋友是少而又少的。

至于那篇为自己的童年手足、与自己年龄相近却早逝的侄儿十二郎写的祭文，我难以描述读它时的感觉。诚如苏东坡所言，"其惨痛悲切，皆出于至情之中"，读了不掉泪是不可能的。最崇拜他的欧阳修则好像不太喜欢他的这类文字，批评他"其心欢戚，无异庸人"。可是，在我看来，常人的真情达于极致正是伟大的征兆之一。这样一个内心有至情又能冷眼看世相人心的韩愈，虽然一生挣扎于宦海，却同时向往着"与其有誉于前，孰若无毁于后，与其有乐于身，孰若无忧于心"的隐逸生活，我对此是丝毫不感到奇怪的。可惜的是，在实际上，他忧患了一生，死后仍摆脱不了无尽的毁誉。在孟县时，我曾到韩愈墓凭吊，墓前有两棵枝叶苍翠的古柏，我站在树下默想：韩愈的在天之灵一定像这些古柏一样，淡然观望着他身后的一切毁誉吧。

诗人的执着和超脱

——夜读苏东坡

一

除夕之夜，陪伴我的只有苏东坡的作品。

读苏东坡豪迈奔放的诗词文章，你简直想不到他有如此坎坷艰难的一生。

有一天饭后，苏东坡捧着肚子踱步，问道："我肚子里藏些什么？"

侍儿们分别说，满腹都是文章，都是识见。唯独他那个聪明美丽的侍妾朝云说：

"学士一肚子不合时宜。"

苏东坡捧腹大笑，连声称是。在苏东坡的私生活中，最幸运的事就是有这么一个既有魅力、又有理解力的女人。

以苏东坡之才，治国经邦都会有独特的建树，他任杭州太守期间的政绩就是明证。可是，他毕竟太富于诗人气质了，禁不住有感便发，不平则鸣，结果总是得罪人。他的诗名冠绝一时，流芳百世，但他的五尺之躯却见容不了当权派。无论政敌当道，还是同党秉政，他都照例不受欢迎。自从身不由己地被推上政治舞台以后，他两度遭到贬谪，从三十五岁开始颠沛流离，在一地居住从来不满三年。你仿佛可以看见，在那交通不便的时代，他携家带眷，风尘仆仆，跋涉在中国的荒野古道上，无休无止地向新的谪居地进发。最后，孤身一人流放到海南岛，他这个一天都离不了朋友的豪放诗人，却被迫像野人一样住在蛇蝎衍生的椰树林里，在语言不通的蛮族中了却残生。

二

具有诗人气质的人，往往在智慧上和情感上都早熟，在政治上却一辈子也成熟不了。他始终保持一颗纯朴的童心。他用孩子般天真单纯的眼光来感受世界和人生，不受习惯和成见之囿，于是常常有新鲜的体验和独到的发现。他用孩子般天真单纯的眼光来衡量世俗的事务，却又不免显得不通世故，不合时宜。

苏东坡曾把写作喻作"行云流水"，"常行于所当行，常止于不可不止"，完全出于自然。这正是他的人格的写照。个性的这种不可遏止的自然的奔泻，在旁人看来，是一种执着。

真的，诗人的性格各异，可都是一些非常执着的人。他们的心灵好像固结在童稚时代那种色彩丰富的印象上了，但这种固结不是停滞和封闭，反而是发展和开放。在印象的更迭和跳跃这一点上，谁能比得上孩子呢？那么，终身保持孩子般速率的人，他所获得的新鲜印象不是就丰富得惊人了吗？具有诗人气质的人似乎在孩子时期一旦尝到了这种快乐，就终身不能放弃了。他一生所执着的就是对世界、对人生的独特的新鲜的感受——美感。对于他来说，这种美感是生命的基本需要。富比王公，没有这种美感，生活就索然乏味。贫如乞儿，不断有新鲜的美感，照样可以过得快乐充实。

美感在本质上的确是一种孩子的感觉。孩子的感觉，其特点一是纯朴而不雕琢，二是新鲜而不因袭。这两个特点不正是美感的基本素质吗？然而，除了孩子的感觉，我不知道还有什么别的感觉。雕琢是感觉的伪造，因袭是感觉的麻痹，所以，美感的丧失就是感觉机能的丧失。

可是，这个世界毕竟是成人统治的世界啊，他们心满意足，自以为是，像惩戒不听话的孩子一样惩戒童心不灭的诗人。不必说残酷的政治，就是世俗的爱情，也常常无情地挫伤诗人的美感。多少诗人以身殉他们的美感，就这样地毁灭了。一个执着于美感的人，必须有超脱之道，才能维持心理上的平衡。愈是执着，就必须愈是超脱。这就是诗与哲学的结合。凡是得以安享天年的诗人，哪一个不是兼有一种哲学式的人生态度呢？歌德，托尔斯泰，泰戈尔，苏东坡……他们在某种程度上都同时是哲学家。

三

美感作为感觉，是在对象化的过程中实现自己的。不能超脱的诗人，总是执着于某一些特殊的对象。他们的心灵固结在美感上，他们的美感又固结在这些特殊的对象上，一旦丧失这些对象，美感就失去寄托，心灵就遭受致命的打击。他们不能成为美感的主人，反而让美感受对象的役使。对于一个诗人来说，最大的祸害莫过于执着于某些特殊的对象了。这是审美上的异化。自由的心灵本来是美感的源泉，现在反而受自己的产物——对象化的美感即美的对象——的支配，从而丧失了自由，丧失了美感的原动力。

苏东坡深知这种执着于个别对象的审美方式的危害。在他看来，美感无往而不可对象化。"凡物皆有可观，苟有可观，皆有可乐，非必怪奇伟丽者也。"如果执着于一物，"游于物之内"，自其内而观之，物就显得又高又大。物挟其高大以临我，我怎么能不眩惑迷乱呢？他说，他之所以能无往而不乐，就是因为"游于物之外"。"游于物之外"，就是不要把对象化局限于具体的某物，更不要把对象化的要求变成对某物的占有欲。

结果，反而为美感的对象化打开了无限广阔的天地。"江上之清风，与山间之明月，耳得之而为声，目遇之而成色，取之无禁，用之无竭，是造物者之无尽藏也"，你再执着于美感，又有何妨？只要你的美感不执着于一物，不异化为占有，就不愁得不到满足。

诗人的执着，在于始终保持一种审美的人生态度。诗人的超脱，在于没有狭隘的占有欲望。

所以，苏东坡能够"谈笑生死之际"，尽管感觉敏锐，依然胸襟旷达。

苏东坡在惠州谪居时，有一天，在山间行走，已经十分疲劳，而离家还很远。他突然悟到：人本是大自然之子，在大自然的怀抱里，何处不能歇息？于是"心若挂钩之鱼，忽得解脱"。

"人生到处知何似？应似飞鸿踏雪泥。泥上偶然留指爪，鸿飞那复计东西。"诗人的灵魂就像飞鸿，它不会眷恋自己留在泥上的指爪，它的唯一使命是飞，自由自在地飞翔在美的国度里。

我相信，哲学是诗的守护神。只有在哲学的广阔天空里，诗的精灵才能自由地、耐久地飞翔。

人生贵在行胸臆
——读《袁中郎全集》

一

读《袁中郎全集》，感到清风徐徐扑面，精神阵阵爽快。

明末的这位大才子一度做吴县县令，上任伊始，致书朋友们道："吴中得若令也，五湖有长，洞庭有君，酒有主人，茶有知己，生公说法石有长老。"开卷读到这等潇洒不俗之言，我再舍不得放下了，相信这个人必定还会说出许多妙语。

我的期望没有落空。

请看这一段："天下有大败兴事三，而破国亡家不与焉。山水朋友不相凑，一败兴也。朋友忙，相聚不久，二败兴也。游非及时，或花落山枯，三败兴也。"

真是非常的飘逸。中郎一生最爱山水，最爱朋友，难怪他写得最好的是游记和书信。

不过，倘若你以为他只是个耽玩的倜傥书生，未免小看了他。《明史》记载，他在吴县任上"听断敏决，公庭鲜事"，遂整日"与士大夫谈说诗文，以风雅自命"。可见极其能干，游刃有余。但他是真个风雅，天性耐不得官场俗务，终于辞职。

后来几度起官，也都以谢病归告终。

　　在明末文坛上，中郎和他的两位兄弟是开一代新风的人物。他们的风格，用他评其弟小修诗的话说，便是"独抒性灵，不拘格套，非从自己胸臆流出，不肯下笔"。其实，这话不但说出了中郎的文学主张，也说出了他的人生态度。他要依照自己的真性情生活，活出自己的本色来。他的潇洒绝非表面风流，而是他的内在性灵的自然流露。性者个性，灵者灵气，他实在是个极有个性极有灵气的人。

二

　　每个人一生中，都曾经有过一个依照真性情生活的时代，那便是童年。孩子是天真烂漫，不肯拘束自己的。他活着整个儿就是在享受生命，世俗的利害和规矩暂时还都不在他眼里。随着年龄增长，染世渐深，俗虑和束缚愈来愈多，原本纯真的孩子才被改造成了俗物。

　　那么，能否逃脱这个命运呢？很难，因为人的天性是脆弱的，环境的力量是巨大的。随着童年的消逝，倘若没有一种成年人的智慧及时来补救，几乎不可避免地会失掉童心。所谓大人先生者不失赤子之心，正说明智慧是童心的守护神。凡童心不灭的人，必定对人生有着相当的彻悟。

所谓彻悟，就是要把生死的道理想明白。名利场上那班人不但没有想明白，只怕连想也不肯想。袁中郎责问得好："大下皆知生死，然未有一人信生之必死者……趋名骛利，唯曰不足，头白面焦，如虑铜铁之不坚，信有死者，当如是耶？"名利的追求是无止境的，官做大了还想更大，钱赚多了还想更多。"未得则前涂为究竟，涂之前又有涂焉，可终究欤？已得则即景为寄寓，寓之中无非寓焉，故终身驰逐而已矣。"在这终身的驰逐中，不再有工夫做自己真正感兴趣的事，接着连属于自己的真兴趣也没有了，那颗以享受生命为最大快乐的童心就这样丢失得无影无踪了。

事情是明摆着的：一个人如果真正想明白了生之必死的道理，他就不会如此看重和孜孜追逐那些到头来一场空的虚名浮利了。他会觉得，把有限的生命耗费在这些事情上，牺牲了对生命本身的享受，实在是很愚蠢的。人生有许多出于自然的享受，例如爱情、友谊、欣赏大自然、艺术创造等等，其快乐远非虚名浮利可比，而享受它们也并不需要太多的物质条件。在明白了这些道理以后，他就会和世俗的竞争拉开距离，借此为保存他的真性情赢得了适当的空间。而一个人只要依照真性情生活，就自然会努力去享受生命本身的种种快乐。用中郎的话说，这叫作："退得一步，即为稳实，多少受用。"

当然，一个人彻悟了生死的道理，也可能会走向消极悲观。不过，如果他是一个热爱生命的人，这一前途即可避免。他反而会获得一种认识：生命的密度要比生命的长度更值得追求。从终极的眼光看，寿命是无稽的，无论长寿短寿，死后都归于虚无。不止如此，即使用活着时的眼光作比较，寿命也无甚意义。中郎说："试令一老人与少年并立，问彼少年，尔所少之寿何在，觅之不得。问彼老人，尔所多之寿何在，觅之亦不得。少者本无，多者亦归于无，其无正等。"无论活多活少，谁都活在此刻，此刻之前的时间已经永远消逝，没有人能把它们抓在手中。所以，与其贪图活得长久，不如争取活得痛快。中郎引惠开的话说："人生不得行胸臆，纵年百岁犹为夭。"就是这个意思。

三

我们或许可以把袁中郎称作享乐主义者，不过他所提倡的乐，乃是合乎生命之自然的乐趣，体现生命之质量和浓度的快乐。在他看来，为了这样的享乐，付出什么代价也是值得的，甚至这代价也成了一种快乐。

有两段话，极能显出他的个性的光彩。

在一处他说"世人所难得者唯趣"，尤其是得之自然的趣。他举出童子的无往而非趣，山林之人的自在度日，愚不肖的率心而行，作为这种趣的例子。然后写道："自以为绝望于世，故举世非笑之不顾也，此又一趣也。"凭真性情生活是趣，因此遭到全世界的反对又是趣，从这趣中更见出了怎样真的性情！

另一处谈到人生真乐有五，原文太精彩，不忍割爱，照抄如下：

> 目极世间之色，耳极世间之声，身极世间之鲜，口极世间之谭，一快活也。堂前列鼎，堂后度曲，宾客满席，男女交舄，烛气熏天，珠翠委地，皓魄入帐，花影流衣，二快活也。箧中藏万卷书，书皆珍异。宅畔置一馆，馆中约真正同心友十余人，人中立一识见极高，如司马迁、罗贯中、关汉卿者为主，分曹部署，各成一书，远文唐宋酸儒之陋，近完一代未竟之篇，三快活也。千金买一舟，舟中置鼓吹一部，妓妾数人，游闲数人，泛家浮宅，不知老之将至，四快活也。然人生受用至此，不及十年，家资田产荡尽矣。然后一身狼狈，朝不谋夕，托钵歌妓之院，分餐孤老之盘，往来乡亲，恬不知耻，五快活也。

　　前四种快活，气象已属不凡，谁知他笔锋一转，说享尽人生快乐以后，一败涂地，沦为乞丐，又是一种快活！中郎文中多这类飞来之笔，出其不意，又顺理成章。世人常把善终视作幸福的标志，其实经不起推敲。若从人生终结看，善不善终都是死，都无幸福可言。若从人生过程看，一个人只要痛快淋漓地生活过，不管善不善终，都称得上幸福了。对于一个洋溢着生命热情的人来说，幸福就在于最大限度地穷尽人生的各种可能性，其中也包括困境和逆境。极而言之，乐极生悲不足悲，最可悲的是从来不曾乐过，一辈子稳稳当当，也平平淡淡，那才是白活了一场。

　　中郎自己是个充满生命热情的人，他做什么事都兴致勃勃，好像不要命似的。爱山水，便说落雁峰"可值百死"。爱朋友，便叹"以友为性命"。他知道"世上希有事，未有不以死得者"，值得要死要活一番。读书读到会心处，便"灯影下读复叫，叫复读，僮仆睡者皆惊起"，真是忘乎所以。他爱女人，坦陈有"青娥之癖"。他甚至发起懒来也上瘾，名之"懒癖"。

　　关于癖，他说过一句极中肯的话："余观世上语言无味面目可憎之人，皆无癖之人耳。若真有所癖，将沉湎酣溺，性命死生以之，何暇及钱奴宦贾之事。"有癖之人，哪怕有的是怪癖恶癖，终归还保留着一种自己的真兴趣真热情，比起那班名利俗物来更是一个活人。当然，所谓癖是真正着迷，全心全意，死活不顾。譬如巴尔扎克小说里的于洛男爵，爱女色爱到财产名誉地位性命都可以不要，到头来穷困潦倒，却依然心满意足，这才配称好色，那些只揩油不肯作半点牺牲的偷香窃玉之辈是不够格的。

四

　　一面彻悟人生的实质，一面满怀生命的热情，两者的结合形成了袁中郎的人生观。他自己把这种人生观与儒家的谐世、道家的玩世、佛家的出世并列为四，称作适世。若加比较，儒家是完全入世，佛家是完全出世，中郎的适世似与道家的玩世相接近，都在入世出世之间。区别在于，玩世是入世者的出世法，怀着生命的忧患意识逍遥世外，适世是出世者的入世法，怀着大化的超脱心境享受人生。用中郎自己的话说，他是想学"凡间仙，世中佛，无律度的孔子"。

　　明末知识分子学佛参禅成风，中郎是不以为然的。他"自知魔重"，"出则为湖魔，入则为诗魔，遇佳友则为谈魔"，舍不得人生如许乐趣，绝不肯出世。况且人只要生命犹存，真正出世是不可能的。佛祖和达摩舍太子位出家，中郎认为是没有参透生死之理的表现。他批评道："当时便在家何妨，何必掉头不顾，为此偏枯不可训之事？似亦不圆之甚矣。"人活世上，如空中鸟迹，去留两可，无须拘泥区区行藏的所在。若说出家是为了离生死，你总还带着这个血肉之躯，仍是跳不出生死之网。若说已经看破生死，那就不必出家，在网中即可作自由跳跃。死是每种人生哲学不可回避的根本问题。中郎认为，儒道释三家，至少就其门徒的行为看，对死都不甚了悟。儒生"以立言为不死，是故著书垂训"，道士"以留形为不死，是故锻金炼气"，释子"以寂灭为不死，是故耽心禅观"，他们都企求某种方式的不死。而事实上，"茫茫众生，谁不有死，堕地之时，死案已立"。不死是不可能的。

　　那么，依中郎之见，如何才算了悟生死呢？说来也简单，就是要正视生之必死的事实，放下不死的幻想。他比较赞赏孔子的话："朝闻道，夕死可矣。"一个人只要明白了人生的道理，好好地活过一场，也就死而无憾了。既然死是必然的，何时死，缘何死，便完全不必在意。他曾患呕血之病，担心必死，便给自己讲了这么一个故事：有人在家里藏一笔钱，怕贼偷走，整日提心吊胆，频频查看。有一天携带着远行，回来发现，钱已不知丢失在途中何处了。自己总担心死于呕血，而其实迟早要生个什么病死去，岂不和此人一样可笑？这么一想，就宽心了。

　　总之，依照自己的真性情痛快地活，又抱着宿命的态度坦然地死，这大约便是中郎的生死观。

　　未免太简单了一些！然而，还能怎么样呢？我一直试图对死进行深入思考，而结论也仅是除了平静接受，别无更好的法子。许多文人，对于人生问题作过无穷的探讨，研究过各种复杂的理论，在兜了偌大圈子以后，往往回到一些十分平易质实的道理上。对于这些道理，许多文化不高的村民野夫早已了然于胸。不过，倘真能这样，也许就对了。罗近溪说："圣人者，常人而肯安心者也。"中郎赞"此语抉圣学之髓"，实不为过誉。我们都是有生有死的常人，倘若我们肯安心做这样的常人，顺乎天性之自然，坦然于生死，我们也就算得上是圣人了。只怕这个境界并不容易达到呢。

忘记玄奘是可耻的

在中国历史上，世界级的精神伟人屈指可数，玄奘是其中之一。玄奘不但是一位伟大的行者、信仰者，更是一位伟大的学者。在他身上，有着在一般中国学者身上少见的执着求真的精神。去印度之前，他已遍访国内高僧，详细研究了汉传佛教各派学说，发现它们各执一词，互相抵牾。用已有的汉译佛经来检验，又发现译文多模糊之处，不同译本意思大相径庭。因此，他才"誓游西方，以问所惑"，到佛教的发源地寻求原典。他一生只做了一件事，就是求取和翻译佛教经典。其中，取经用了十七年，译经用了十九年。他是一个知道自己要做什么事的人，有极其明确的目标，因而能够不为任何诱惑所动。取经途中，常有国君挽留他定居，担任宗教领袖，均被坚辞。回国以后，唐太宗欣赏其才学，力劝他归俗，"共谋朝政"，也遭婉谢。

超常的悟性加极端的认真，使玄奘在佛学上取得了伟大的成就。他所翻译的佛经，在量和质上皆空前绝后，直到一千三百多年后的今天，仍无人能够超越。他的佛学造诣由一件事可以看出：在印度时，戒日王举行著名的曲女城大会，请他讲大乘有宗学说，到会的数千人包括印度的高僧大德全都叹服，无一人敢提出异议。以访问学者身份成为外国本土文化首屈一指的大师，这在中国历史上找不出第二个例子。作为对比，近百年来，中国学者纷纷谈论和研究西学，但是，不必说在西学造诣上名冠欧美，即使能与那里众多大学者平起平坐的，可有一人？

世界知道玄奘，则多半是因为《大唐西域记》。这本书其实是玄奘西行取经的副产品，仅用一年时间写成，记述了所到各地的概况和见闻。西方考古学者根据此书在新疆、印度等地发掘遗址，皆得到证实，可见玄奘治学的严谨。这本书为印度保存了古代和七世纪前的历史，如果没有它，印度的历史会是一片漆黑，人们甚至不知道佛陀是印度人。正因为如此，玄奘之名在印度家喻户晓，而《大唐西域记》则成了学者们研究印度历史必读的经典。其实，不但在印度，而且在日本和一些亚洲国家，玄奘都是人们最熟悉和崇敬的极少数中国人之一。

我由此想到，这样一位受到许多国家人民崇敬的中国人，今天在自己的国家还有多少人真正知道他？今天许多中国人只知道电视剧上那个娱乐化的唐僧，不知道历史上真实的玄奘，懂得他的伟大的人就更少了。一个民族倘若不懂得尊敬自己历史上的精神伟人，就不可能对世界文化做出新的贡献。应该说，忘记玄奘是可耻的。

阮籍与尼采

阮籍（210—263）是公元 3 世纪的中国诗人兼哲学家，尼采（1844—1900）是 19 世纪的德国哲学家兼诗人。他们两人，文化背景截然不同，生活的年代相隔一千六百多年。然而，每读他们的诗文，我常常不由自主地产生由此及彼的联想。

也许，他们所处的时代具有某种共同特征。阮籍处在魏晋政权交替之际，战祸连年，政局多变，个人命运风云莫测，当时的知识分子对西汉以来居正统地位的儒家名教普遍丧失了信仰。尼采的时代，欧洲的基督教信仰及其道德观念正陷入空前的危机。中西的传统信仰迥异，传统信仰的危机却是两人所面临的相同现实。

也许，他们的性格风貌也十分相似。阮籍"傲然独得，任性不羁"，蔑视礼教，脱落世俗，尼采则是一个直言不讳的"非道德主义者"。阮籍"当其得意，忽忘形骸，时人多谓之痴"，而尼采也是一个著名的狂人。阮籍常常"登临山水，经日忘归"，而尼采则在南欧的山巅海滨漂泊了整整十年。阮籍嗜酒，尼采反对酗酒，但他"不喝酒就已经飘飘然了"（《尼采全集》莱比锡版第8卷第366页），两人精神上都有一种常驻的醉意。（以上关于阮籍的引文均引自《晋书·阮籍传》）他们都酷爱音乐，阮籍"善弹琴"，著有《乐论》，并有琴曲《酒狂》传世，尼采也自幼喜爱弹琴赋曲，一度打算毕生从事音乐。他们都是哲学家，阮籍著有《通易论》《通老论》《达庄论》，在正始名士中是一位谈玄高手，而尼采更是西方哲学的一代宗师。他们也都是诗人，阮籍留下了千古名作《咏怀》诗82首，尼采的诗作在德国近现代诗史上占据重要的一页。

当我把相似的时代特征和性格风貌联系起来思考时，我发现，使我对阮籍和尼采产生彼此联想的原因是，他们都在传统价值观念发生危机的时代觉醒了一种悲剧意识，又在这种悲剧意识的支配下倡导和实践一种审美的人生态度。无论是在阮籍身上最卓越地体现出来的魏晋风度，还是作为尼采思想特色的酒神精神，实质上都是一种悲剧——审美的人生态度。这是两者的真正共通之处。

现在我试着说明这个论点。

一、悲剧意识的觉醒

在一般人的观念中，哲学家以深刻见长，诗人以敏感称胜。然而，真正深刻的哲学应该也能拨动敏感的心弦，真正激动人心的诗必定也具备哲学的深度。达到这个地步，哲学和诗就交融了。

有一个领域，是哲学的理智和诗的情感所共同分有的，是深刻的智慧和敏感的心灵所共同关注的，这就是人的命运。哲学自命是对终极问题的思索，可是，还有什么比人的命运更配称作终极问题呢？诗是心灵的呼喊和叹息，可是，如果这颗心灵对于人的命运并无深刻的感受，它就只能流于琐屑的多愁善感。

人的命运充满种种偶然性，却有一个必然的结局，这就是死亡。

在一定的意义上可以说，死亡为哲学、宗教、艺术提供了共同的背景。在这背景下，哲学思索人生，宗教超脱人生，艺术眷恋人生。既然人必有一死，短暂的人生连同它所有稍纵即逝的悲欢离合还有什么意义？当哲学直面人生的这一悲剧性方面而发现理智无能做出解答时，一种悲剧意识觉醒了。这时它只有两条出路：或者向宗教寻求解脱，否定有限的人生并禁绝生命的欲求；或者向艺术寻求安慰，在审美的陶醉中体验有限生命与无限本体融合的境界。

一切宗教在本质上都是否定人生的。基督教把生命看作纯粹的罪恶，人生只是赎罪的过程和进入天堂的准备。佛教把生命看作纯粹的苦难，人生的目标竟是彻底摆脱生命而进入灭寂的境界。可是，既然人生遭到根本否定，人生的短促还有什么悲剧性可言？反倒是值得庆幸的事了。所以，宗教其实是对悲剧意识的扼杀。在基督教统治欧洲以后，希腊人的悲剧意识死去了。在佛教风靡中国南北朝以后，魏晋时期萌发的悲剧意识夭折了。

另一方面，倘若对人生的悲剧性方面视而不见，或者故意回避，当然也谈不上悲剧意识。中国的儒学就属于这种情况。孔子"不知生，焉知死"，对于生死的问题采取回避的态度。他的哲学实际上是一种伦理学，注重的是个人的道德修养和社会的伦理秩序。他从来不把人的命运放到永恒的背景下加以考察。正如他的哲学绝无诗意一样，在他那里，艺术（音乐、诗）也绝无本体论的意义，而只是道德的工具。

真正的悲剧意识既不同于完全出世的虚无主义，又不同于完全入世的功利主义。不妨说，它背靠虚无，却又面对人世。它一方面看到人生的虚无背景，另一方面又眷恋人生，执着于人生，无论如何要肯定人生。正是这种深刻的内心冲突赋予了人的命运以悲剧性质。在阮籍和尼采身上，最使我们感动的就是与人生的悲剧性息息相通的这种内心冲突。

当然，魏晋人悲剧意识的觉醒并非始于阮籍，更不限于阮籍。从开一代诗风的汉末古诗十九首，中经建安、正始、太康诸代诗群，直到晋代大诗人陶渊明，绵绵二三百年间，慷慨悲凉的忧生哀死之叹悠悠不绝于耳，阮籍只是其中的一位杰出代表。可以说，他把当时弥漫开来的悲剧情绪表达得最充分，也最强烈。

悲剧意识的觉醒，有其忧患背景。东汉末年以来，社会动荡，战乱、政祸、时疫不断，不说普通百姓，即使是上层分子，生命也毫无保障，动辄罹祸，危在旦夕。阮籍的好友、与阮籍齐名的另一位竹林名士嵇康终于遭害，阮籍自己也只是幸免于难。"但恐须臾间，魂气随风飘。终身履薄冰，谁知我心焦。"咏怀诗所悲叹的正是这种忧患之境。在这种情形下，一个人很容易看破日常伦理关系的无谓，而把眼光从人伦习俗转向人生更深远的背景。儒家思想仅在安定的社会秩序四壁之内才有它的立足之地，现在这四壁颓败了，人生的深邃背景或者说没有背景暴露在人们前面了。王弼注《老子》，"以无为本"，把虚无确立为本体，与海德格尔、萨特的虚无本体论一样，何尝不是人类根本价值观念迷离失措的哲学反映？

阮籍的咏怀诗尽管文多隐避，难以猜测，其中响逸调远的忧生之嗟却是谁都能领略的。82 首咏怀诗里，浸透着生命无常的飘忽感，前途迷茫的惶惑感，以及脱俗无亲的孤独感。

首先是性命飘忽、人生无常的喟叹：

繁华有憔悴，堂上生荆杞……
一身不自保，何况恋妻子？

朝为美少年，夕暮成丑老。
自非王子晋，谁能常美好？

岂知穷达士，一死不再生！
视彼桃李花，谁能久荧荧？

开轩韬四野，登高望所思。
丘墓蔽山冈，万代同一时。
千秋万岁后，荣名安所之？

逝者岂长生？亦生荆与杞。

自然有成理，生死道无常。

人生若朝露，天道竟悠悠。

暑度有昭回，哀哉人命微。
飘若风尘逝，忽若庆云晞。

生命无期度，朝夕有不虞……
荣名非己宝，声色焉足娱？

　　人生短促，天道悠长，在永恒的背景下，凡世俗看重的一切，妻子、声色、荣名皆如浮云不足恋。可是，悲观里有执着，嗟生正出于对生命的热爱。于是仰慕老庄，渴求成仙长生，企望融入自然本体的逍遥境界。然而，正像鲁迅所指出的："他诗里也说神仙，但他其实是不相信的。"《大人先生传》中写道："天地解兮六合开，星辰陨兮日月颓，我腾而上将何怀？"鲁迅解释说："他的意思是天地神仙，都是无意义，一切都不要，所以他觉得世上的道理不必争，神仙也不足信，既然一切都是虚无，所以他便沉湎于酒了。"[1] 中国知识分子的精神寄托，历来是儒道互补。现在阮籍既不信儒，尽管尤好老庄，很想达

---

① 《鲁迅全集》，人民文学出版社 1973 版，第 3 卷，第 499—500 页。

观起来，可是达观里有疑惧，其实并不真信齐生死之说，依然是恋生恨死。安身立命的价值目标出现了空缺，既不能入世务实，又不能真正超脱，于是有了彷徨迷惘的"失路"之叹：

> 北临太行道，失路将如何？

> 临路望所思，日夕复不来。
> 人情有感慨，荡漾焉可能？

　　既怀忧生之感慨，逍遥无忧的"荡漾"境界是不可能达到的了。那只是"飘飘恍惚中"的一个理想，终究是"悦怿未交接"，只好"感伤"不已。在这些诗句中，我们能深切地感觉到一种失去信仰的悲哀。《晋书》的阮籍传中说他："时率意命驾，不由径路，车迹所穷，辄恸哭而反。"正透露出他无路可走、莫知所适的内心悲痛。

　　一己的生命既不可恃，宇宙的大化又不可及，加之与社会世俗的格格不入，便导致了一种无可排遣的孤独心境：

> 感物怀殷忧，悄悄令心悲。
> 多言焉所告，繁辞将诉谁？

羁旅无俦匹，俯仰怀哀伤。

焉见孤翔鸟，翩翩无匹群？

独坐空堂上，谁可与亲者？

在嵇康的诗作中，我们同样可以读到类似的忧患（"何意世多艰，虞人来我维。云网塞四区，高罗正参差，奋迅势不便，六翮无所施。""世路多崄峨。""常恐缨网罗。"）、无常（"人生寿促，天地长久。""生若浮寄，暂见忽终。"）、孤独（"嗟我征迈，独行踽踽。""虽有好音，谁与清歌？虽有朱颜，谁与发华？仰诉高云，俯托清波；乘流远遁，抱恨山阿。""中夜悲兮当谁告，独抆泪兮抱哀戚。"）之叹。不过，与阮籍相比，嵇康的性格似不那么复杂，他还天真地相信神仙和长生，所以没有那么多迷茫之叹。

忧生、迷茫、孤独，构成了阮籍咏怀诗的主旋律。在尼采的诗文中，我们听得到相近的音调。让我们来比较一下阮籍《咏怀》诗第一首和尼采的《最孤独者》一诗。

《咏怀》诗第一首：

夜中不能寐，起坐弹鸣琴。

薄帷鉴明月，清风吹我衿。

孤鸿号外野，翔鸟鸣北林。

徘徊将何见，忧思独伤心。

《最孤独者》：

此刻，白昼厌倦了白昼，

小溪又开始淙淙吟唱，

把一切渴望抚慰，

天穹悬挂在黄金的蛛网里，

向每个疲倦者低语："安息吧！"——

忧郁的心啊，你为何不肯安息，

是什么刺得你双脚流血地奔逃……

你究竟期待着什么？

　　两者的相似之处是一目了然的：夜幕降临，孤独的主人公都是"不能寐""不肯安息"，都怀着"忧思""忧郁的心"，都在"徘徊""奔逃"，都有一种不知"将何见"、不知"期待着什么"的迷茫之感。

　　诚然，尼采很少作忧生之叹，相反倒是极力讴歌人生，痛斥悲观主义的。但是，我们有足够的证据说明，人生的无意义和竭力肯定人生这一悲剧性的矛盾折磨了他一辈子，是前者刺得他"双脚流血地奔逃"，而他"期待着"的正是后者。正因为如此，他才不无理由地称自己是"悲剧哲学家"。

　　尼采的悲剧人生观是对叔本华的悲观主义人生观的扬弃。文艺复兴以来，欧洲人的基督教信仰逐渐解体。它的最初结果是积极的，上帝的神圣光辉消散之时，人的太阳升起了。既然天国的期许是虚幻的，尘世的生活是唯一的实在，人们就沉浸在一种世俗倾向之中，贪婪地追求尘世的幸福。然而，随着资本主义的物质主义恶性膨胀，隐含在基督教解体之中的欧洲人的信仰危机显露出来了。物质的繁荣反衬出精神的空虚，尘世的幸福带来的是幻灭之感。于是，叔本华的悲观哲学应运而生。尼采在谈到叔本华哲学的背景时指出："当我们拒绝了基督教的解释，把它所说的'意义'判为伪币，我们便立刻以一种可怕的方式遇到了叔本华的问题：生存根本上究竟有一种意义吗？"（《快乐的知识》第357节）尼采认为，叔本华提出这个问题是他的功绩，但他的答案是错误的。叔本华从人生根本无意义的前提得出了彻底否定人生的结论，在他看来，既然人的个体生存的必不可免的结局是死亡，人就应当自愿否定生命意志，认识到这种意志本质上的虚无性，以虚无为人生最后鹄的。所以，他转向东方宗教，把印度教的"归入梵天"和佛教的"涅槃"当作解决生死问题的终极途径。

尼采接受了叔本华的人生本无意义的前提，并且自觉地把它同基督教信仰解体的背景联系起来。上帝死了，犹如地球失去了太阳，"现在它向何处运动？我们向何处运动？……我们岂不好像要迷失在无穷的虚无中了？"（《快乐的知识》第125节）破除了对上帝的信仰，我们看到了世界无意义和人生无背景的真相："世事的推移毫不神圣，用人性的尺度来衡量从来不是理智、仁慈、公正的……我们生活于其中的世界是非神圣、非道德、'非人性'的。"（《快乐的知识》第346节）"只有一个世界，这个世界虚伪，残酷，矛盾，有诱惑力，无意义……"（《强力意志》第853节）

人生活在一个无意义的世界上，这使得人的生存本身失去形而上学的根据，也成为无意义的，荒谬的。然而，人的天性无法忍受一种无意义的生存，这便是人生最深刻的悲剧性质。于是，我们在尼采那里也听到了忧生之叹。他这样解释希腊人对于神话的需要："希腊人知道并且感觉到生存的恐怖可怕，为了一般能够活下去，他必须在恐怖可怕之前安排奥林匹斯众神的梦之诞生。"（《悲剧的诞生》第3节）因为个人迟早要悲惨地死去，唯有沉湎于美的幻觉，为人生罩上一层神的光辉，才能忍受这人生。

人生虚无荒谬的念头必定深深折磨过尼采的心灵。请读一读《查拉图斯特拉如是说》中的那支《坟墓之歌》吧。其中说：青春的梦想和美景，爱的闪光，神圣的瞬间，对幸福的眺望，都消逝了，夭折了。从前我想跳舞，我的仇敌却蛊惑了我最宠爱的歌人，使他奏一曲最可怕的哀歌，用这哀歌刺杀了我的狂欢。——这不是在说叔本华及其悲观哲学吗？然而，"我的最高希望尚未说出和实现！而我的青春的一切梦想和慰藉都已经死去！我如何能忍受？我怎样挺住和克服这样的创伤？我的心灵怎样从坟墓中复活？是的，我身上有一种不可伤、不可灭、摧毁顽石的东西：这就是我的意志。它默默前进，坚定不移"。尼采和叔本华的出发点都是人生的悲剧性质，然而当尼采继续前进时，他同叔本华分道扬镳了。叔本华因人生的悲剧性一面而否定全部人生，在尼采看来，这是停留在悲观主义而未能上升到悲剧意识。尼采不能忍受人生的无意义，出于旺盛的生命力和对人生的热爱，偏要肯定人生，连同肯定人生的悲剧性一面，肯定生命必含的痛苦和灾难，如此来赋予人生以意义。由此结晶出了尼采所提倡的酒神精神和悲剧精神。"甚至在生命最异样最困难的问题上肯定生命，在生命最高类型的牺牲中，生命意志为自身的不可穷竭而欢欣鼓舞——我称这为酒神精神，我以为这是通往悲剧诗人心理的桥梁。"（《看哪这人》）也正是在这意义上，尼采称自己是"第一个悲剧哲学家"，即"悲观主义哲学家的极端对立面和敌对者"。

和阮籍相比，尼采对于人生的肯定更为明朗，赋予了明确的理论形式。在阮籍那里，对人生的肯定是通过交织在忧生之嗟中的一股强烈眷恋生命的情绪表现出来的。无论阮籍还是尼采，都是悲观中有执着，达观或激昂中又有哀痛，这正是悲剧意识的内在矛盾，也是悲剧意识超出纯粹消极的悲观主义的地方。

如果说，魏晋时期悲剧意识的觉醒以战争和政治动乱造成的个体忧患为其背景，那么，在尼采的时代，这种背景主要是资本主义的精神危机，是虚假物质繁荣带来的幻灭感。在基督教信仰动摇以后，西方人曾经转而相信科学万能。然而，科学以创造物质财富为目的，并不能解决人生问题。尼采指出："科学受了强烈幻想的鼓舞，一往无前地奔赴它的极限，于是蕴藏在它的理论本质中的乐观主义在那里碰碎了……一种新的认识，悲剧的认识，便突起浮上心来……"（《悲剧的诞生》第15节）阮籍对儒家和道家都心存怀疑，因此有穷路之哭。尼采对宗教和科学都加以批判，面对他自己首先指给西方人看的价值真空，他也难免有迷茫之感：

一个漂泊者彻夜赶路，

迈着坚定的脚步；

他的伴侣是——

绵亘的高原和弯曲的峡谷。

夜色是多么美丽——

可他疾步向前，不肯歇息，

不知道他的路通往哪里。

尽管步伐坚定，却又不知道目标是什么。

　　"我们发明了'目标'这个概念，实际上目标阙如。"（《尼采全集》第 8 卷，第 100 页）

　　"人类还没有一个目标，可是，告诉我，我的兄弟：如果人类还缺乏目标，人类自己不是也还阙如吗？"（《尼采全集》第 6 卷，第 87 页）

　　尼采同样也摆脱不了那种逼人疯狂的孤独感。他没有家庭，没有职业，离乡背井，四处漂泊。他的诗文充满着对孤独的悲叹和对爱、友谊、理解的渴望。他深深领略过"那种突然疯狂的时刻，寂寞的人想要拥抱随便哪个人……"

　　忧生、迷茫、孤独，给阮籍和尼采这两个在截然不同的时代和社会环境中形成的个性染上了同样的悲剧色彩。当热爱人生的心灵一旦对人生的意义发生了根本的疑问，这颗心灵就失去了安宁，注定要同悲观主义的幽灵进行永世的抗争，漂泊在重新寻求人生意义的前途未卜的路程上。

二、走向审美的人生

世上最易通行的人生态度大约是伦理的人生态度和功利的人生态度，因为两者都比较讲究实际。伦理意义上的善无非是以一定社会秩序的眼光来看的功利主义的善，所以两者又是相通的。不过，伦理和功利的人生态度均以有限时空内的实际利益为目的，一个人倘若站在无限和永恒的立场上来看待人生，看出人生的短促可悲，对它们就很难接受了。

所以，一种悲剧的人生态度必然同伦理功利的人生态度格格不入。

魏晋名士大多是些有名的非礼抗俗之士。阮籍虽然在政治上比较谨慎，"喜怒不形于色"，"口不臧否人物"，但也照样是"不拘礼教"。《晋书》记载了他的三桩轶事：

其一，"籍嫂尝归宁，籍相见与别。或讥之，籍曰：'礼岂为我设邪！'"

其二，"邻家少妇有美色，作垆沽酒。籍尝诣饮，醉便卧其侧。"

其三,"兵家女有才色,未嫁而死。籍不识其父兄,径往哭之,尽哀而还。"

他不但有行动,而且有理论。在《大人先生传》中,他描绘了一种世俗的人生模式:

> 服有常色,貌有常则,言有常度,行有常式。立则磬折,拱则抱鼓,动静有节,趋步商羽,进退周旋,咸有规矩。心若怀冰,战战栗栗;束身修行,日慎一日;择地而行,唯恐遗失。诵周、孔之遗训,叹唐、虞之道德。唯法是修,唯礼是克。手执圭璧,足履绳墨。行欲图为目前检,言欲为无穷则。少称乡间,长闻邦国。上欲图三公,下不失九州牧。故挟金玉,垂文组,享尊位,取茅土,扬声名于后世,齐功德于往古。奉事君上,牧养百姓,退营私家,育长妻子。

这是对世俗人生态度的绝妙而逼真的写照。凡俗人处世,必集伦理与功利的态度于一身,伦理是为功利服务的。他们遵礼守法,循规蹈矩,名利双收,自以为居于"吉宅",可以"远祸近福,永坚固已"了。然而,阮籍指出,自然界变化不已,社会上世事无常,这种伦理功利的人生模式并无坚固可言。犹如虱之处于裈中，"自以为吉宅"，"然炎丘火流，焦邑灭都，群虱死于裈中而不能出"。他的结论是："天地之永固，非世俗之取及也。"可见阮籍正是用天地永恒、人生无常的眼光看待世俗人生模式的不足取的。

"顺自然""道自然"，这是阮籍反对礼俗的根本出发点。他说："道者法自然而为化"（《通志论》），"不通于自然者不足以言道"（《大人先生传》）。用自然的眼光看，人世的礼教名利不过是一时表面现象，所以通于自然者"岂希于世，系累于一时"，"世之名利，胡足以累之哉？"（《大人先生传》）自然本身无善恶是非可言，因此阮籍主张：

"善恶莫之分，是非无所争。故万物反其所而得其情也。"（《达庄论》）

"至人无宅，天地为客；至人无主，天地为所；至人无事，天地为敌。无是非之别，无善恶之异，故天下被所泽，而万物所以炽。"（《大人先生传》）

这也就是嵇康所说的"越名教而任自然"，做到"心无措乎是非，而行不违乎道"。（《释私论》）

我们发现，尼采也提出了一个与此极为相似的命题，这就是"超于善恶之外"（或译为"善恶的彼岸"），他还用这个命题做了他的一本书的标题。

"万物受永恒之泉水的洗礼，超于善恶之外；善恶本身只是游影、阴翳和流云。"（《尼采全集》第 6 卷第 243 页）

"人们知道我对哲学家的要求，就是超于善恶之外——超于道德判断的幻象。这个要求源自一种见解，我首先把这见解制成一个公式：根本不存在道德事实。"（《尼采全集》第 8 卷第 102 页）

阮籍是由儒家信仰的崩溃而转向老、庄，又以老、庄的"道法自然""天地不仁"的思想来批判儒家的伦理至上。尼采是由基督教的崩溃而转向前苏格拉底哲学，用赫拉克利特的永恒生成的思想批判基督教的伦理道德。殊途而同归。他们都是站在"自然"的立场上来批判伦理道德，尽管两者对于"自然"的性质看法有所不同，阮籍强调的是自然的清静无为，尼采强调的是自然的生成变化，但是，自然本身的非道德性质却是他们共同的看法，而这也正是他们否定伦理秩序的基本依据。

儒家思想主要是一种伦理学，这是没有疑问的了。尼采把基督教思想也看作一种伦理学，他说："基督教教义只是伦理，只愿意成为伦理。"（《自我批判的尝试》第 5 节）这是他的深刻之处。事实上，基督教的根本观念是原罪和灵魂不死，它把生命本身判决为罪恶，从而使人生成为至死方休的赎罪过程。所以，尼采指出，随着基督教信仰的崩溃，建立在这一信仰基础之上的整个欧洲道德必然跟着崩溃。既然宇宙间并无上帝所制定的伦理秩序，那么，人也应当"敢于像自然那样成为非道德的"（《尼采全集》第15卷第228页）。自然无非是一个永恒生成的过程，稍纵即逝的个体生命是这个过程中的偶然现象，隶属这个过程，由"生成的无罪"而获得无罪的性质。尼采称"生成的无罪"的思想之确立为"伟大的解放"（《尼采全集》第8卷第101页），并且说："只有生成的无罪才给我们以最大的勇气和最大的自由。"（《尼采全集》第16卷第222页）他倾一生的主要精力于道德批判，就是为了消除人的罪恶感，求得人的精神自由。这正如魏晋名士的非礼也是为了实现自由人格一样。

说尼采强调自然的生成变化，亦非绝对。他同时也看重自然虚静的一面。阮籍和尼采都是喜欢静山深谷的人，他们不约而同地用山谷来象征理想的人格：

阮籍："山静而谷深者，自然之道也；得之道而正者，君子之实也。"（《达庄论》）

尼采："我的灵魂宁静、清朗，如拂晓的群山。"（《尼采全集》第6卷第21页）"凡人抛给我们的东西，我们皆纳之于我们的深处……于是而重归澄澈。"（《快乐的知识》第378节）

超于善恶之外，这是一种宽阔如自然的胸怀，反而是最大的善。用阮籍的话来说，就是"天下被其泽，而万物所以炽"，"此之于万物，岂不厚哉！"（《大人先生传》）尼采则名之为"赠予的道德"，并且用十分相似的语言说："你们强使万物归于己，藏于己，以使其再从你们的渊源退涌，作为你们的爱的赠礼。"精神因之成为"万物的施恩者"。（《尼采全集》第6卷第110、111页）

生命原是秉之于自然的东西，违背自然的伦理必然残害生命。所以，阮籍和尼采都把他们的伦理批判的重点放在伦理之残害生命上。

阮籍说："明著是非者危于身。"（《达庄论》）"汝君子之礼法，诚天下残贱、乱危、死亡之术耳，而乃目以为美行不易之道，不亦过乎！"（《大人先生传》）

尼采说："怎么，伦理本身不会是一种否定生命的意志吗？不会是一种求死灭的隐秘天性吗？不会是一种颓废、没落、诽谤的原则吗？不会是一种末路的开始吗？因此不会是一切危险中的危险吗？"（《自我批判的尝试》第5节）

一种违背自然的道德内在地包含着虚伪，而在其流行过程中果然演为伪善，成为沽名钓誉的工具和损人利己的掩饰。中国的儒家道德和西方的基督教道德无不如此。魏晋之际，人们对儒家名教普遍丧失信仰，这是重要原因之一。魏晋以孝治天下，其实伦理只是消灭政敌的方便借口罢了。阮籍在《咏怀诗》中讽刺了当时儒生的伪善面目：

> 外厉贞素谈，户内灭芬芳。放口从衷出，复说道义方。委曲周旋仪，姿态愁我肠。

尼采对于基督教道德的伪善也多有揭露，而且与阮籍的揭露有异曲同工之妙。让我们来比较一下。

阮籍："复言以求信者，梁下之诚也。"（《达庄论》）

尼采："真的，我不爱他们，这些同情的人们，他们以同情为乐！他们太缺乏羞耻。假如我必须同情，我不愿被人称道。假如我被人称道，我宁肯远离。我宁肯蒙面而遁，在被人认出之前！"（《尼采全集》第6卷第127页）

阮籍："克己以为人者，廓外之仁也。"（《达庄论》）

尼采："我的经验给我以这种权利，去怀疑一切所谓'无私'的倾向，去怀疑随时都准备以言行去救助人的整个'邻人爱'。"（《看哪，这人》，《我为何如此智慧》篇第4节）

阮籍："洁己以尤世、修身以明浼者，诽谤之属也。"（《达庄论》）

尼采：道德家们"凭借这种思想才能忍受生活，即要每个人一看见他们的德行便立即生出对自己的蔑视。"(《尼采全集》第 5 卷第 179 页)"他们想以他们的德行抉出他们的仇敌的眼睛；他们抬高自己，为的是卑辱别人。"（《尼采全集》第 6 卷第 137 页）

假道学不能要，真正的礼教要不要？在阮籍的文章里，例如《通易论》《乐论》里，我们可以读到儒家的一些套话，诸如"守尊卑之制""礼乐外内"之类。阮籍不让他的儿子学他背礼抗俗的榜样，这也常常被看作他内心相信礼教的例证。阮籍对于礼教的态度的确是矛盾的，他的任诞放达也确有不得已之处。没有一定的道德规范的约束，人就无法过起码的社会生活，这是显而易见的道理。其实，尼采对于道德的态度又何尝不是矛盾的？他一则说："人只有凭借一种绝对非道德的思想方式才能生活。"（《尼采全集》第 13 卷第 102 页）一则又说："在道德之外生活是不可能的。"（《尼采全集》第 11 卷第 200 页）一则说："世界不能忍受道德的解释。"（《尼采全集》第 16 卷第 262 页）一则又说：道德是"使人能够忍受自己的唯一解释方案"（《尼采全集》第 15 卷第 343 页）。作为社会的存在物，人离不开道德。作为自然的存在物，道德在人性中又无终极的根据。但在悲剧意识觉醒的时代，人的社会根基发生根本的动摇，好像被从社会这个家中抛了出来，无家可归，陷入自然的虚无本体之中，因而最能深切地体验到一种原始的痛苦。从总的倾向看，阮籍和尼采在这种悲剧意识的支配下，对于伦理的人生态度是持否定立场的。

魏晋名士继承老子的"智慧出，有大伪"和"绝圣弃智"的思想，对于建立在理性基础上的文明持批判态度，向往远古淳朴的民风。阮籍说"智慧扰物"（《乐论》），"作智造巧者害于物"（《达庄论》），他要求"归虚反真"（《老子赞》）。嵇康也提倡："绝智弃学，游心于玄默。"（《代秋胡歌诗·其五》）尼采则在资本主义精神危机渐露端倪的时代，对科学理性和现代文明展开了激烈批判。他认为，科学理性的局限性在于它不能为人生提供一个目标，不能达到存在的深不可测的渊源。然而，文艺复兴以来，科学理性取得了支配地位，人们凭概念指导生活，贪得无厌地追求技术发明和物质繁荣，既否定了艺术，又虚度了人生。尤其是在现代，欧洲人盲目追求财富，令人窒息地匆忙"工作"，丧失了精神性。尼采说："一切时代中最勤劳的时代——我们的时代——除了愈来愈多的金钱和愈来愈多的勤劳以外，就不知道拿它的如许勤劳和金钱做什么好了，以至于散去要比积聚更需要天才！"（《尼采全集》第5卷第60页）"人们现在已经羞于宁静，长久的沉思几乎使人起良心的责备。人们手里拿着表思想，吃饭时眼睛盯着商业新闻，——

人们像总怕'耽误'了什么事的人一样生活着。"这种情形会
"扼杀一切教养和高尚趣味"。(《尼采全集》第 5 卷第 249 页)
而在"工厂奴隶制度"下,人们成为机器上的一个螺丝钉,当
了人类发明技巧上的弥缝物,被消磨了一生。问题的严重性在
于,"在外在事物的目的上牺牲了多少内心价值"(《朝霞》
第 206 节)。很显然,尽管时代条件完全不同,但是在反对人"害
于物"、受外物支配的异化状态这一点上,尼采和阮籍是一致的,
而这种异化状态则是功利的人生态度的必然结果。

我们已经说明,悲剧意识必定反对伦理和功利的人生态度。
同时,宗教否定人生的立场也同悲剧意识不能相容。既看到人
生的悲剧性一面,又要肯定人生,所能采取的就只有审美的人
生态度了。

这个结论在尼采那里具有自觉的形式。在《悲剧的诞生》
中,他比较了三种人生观,认为印度的出世和罗马的极端世俗
化均是迷途,唯有希腊人的审美化的人生才是正道。他指出,
正是希腊人生命本能的健全、丰盈、对生命的热爱,使他们比
其他民族更深切地体会到人生的悲剧性质,有更深沉的痛苦;
正是从这深沉的痛苦,出于生命自卫的需要,产生了他们对于
美、节庆、快乐、艺术的不断增长的渴望。尼采认为一切艺术
根源于日神和酒神二元冲动,日神冲动"以歌颂现象的永恒光

荣来克服个人的苦恼，用美战胜生命固有的痛苦"，表现于史诗和造型艺术之中；酒神冲动则通过审美的陶醉使人同"属于事物之基础的生命"息息相通，获得一种"形而上学的安慰"，表现于音乐和悲剧之中。人生审美化的必要性，正出自人生的悲剧性。世界本无意义，人生本无一种有意义的世界背景，可是，倘若我们用审美的眼光去看待人生，就会肯定人生的全部，因为连最悲惨的人生宿命也具有一种悲剧的审美意义。在尼采看来，艺术和审美的人生态度是一个深切体会到人生悲剧性的人抵御悲观主义的唯一手段。所以，他一再说："生命通过艺术而自救。""作为一种审美现象，我们总还感到生存是可以忍受的。"（《看哪，这人》，《悲剧的诞生》篇第1节）后来他还明确地表示：审美的评价是"《悲剧的诞生》所承认的唯一的评价"；"我的天性，那种保卫生命的天性，在这本激昂的著作里反对了伦理，为它自己创造出一种对人生根本相反的学说和评价，一种纯粹艺术的和反基督教的评价。"（《自我批判的尝试》第5节）他把这种人生态度命名为酒神精神。直言之，酒神精神就是把悲剧性的人生当作一种审美现象加以肯定的态度，也就是一种悲剧——审美的人生态度。

阮籍对于审美的人生态度之必要并无理论上的陈述，却是一位实行者。同时代人何曾攻击他"纵情背礼败俗"，正点出了他的审美（纵情）而非伦理（背礼败俗）的人生态度。在《咏怀诗》中，阮籍也时时表现出对世俗功利人生的弃绝和对适情逍遥的审美境界的向往：

> 驱车出门去，意欲远征行。征行安所如？背弃夸与名。夸名不在已，但愿适中情。

> 飘飖云日间，邈与世路殊。

> 岂若遗世物，登明遂飘飖。

"飘飖"是一种神仙境界，阮籍出于忧生之嗟而心向往之。然而，他其实并不相信神仙。所以，在"飘飖云日间"之后，他又写道："采药无旋返，神仙志不符。逼此良可惑，令我久踌躇。"不相信而仍然向往，"飘飖"就只是一种"邈与世路殊"的摒弃世俗功利的人生态度，剩下的只有"适中情"的审美意味了。这也就是嵇康诗中所描绘的境界：

> 目送归鸿，手挥五弦，俯仰自得，游心泰玄。

　　流俗难悟，逐物不还，至人远鉴，归之自然。

　　岂若翔区外，餐琼漱朝霞。遗物弃鄙累，逍遥游太和。
结友集灵岳，弹琴登清歌。

　　竹林名士心怀人生无常的忧伤，遗落世事，藐视伦理功利，
陶醉于酒、诗、音乐和自然之中，这种人生态度不是悲剧——
审美的人生态度，又是什么呢？

　　鲁迅把魏晋称作"文学的自觉时代"。文学价值的提举，
实与悲剧意识的觉醒相关。曹丕第一个称文章为"不朽之盛
事"，而理由便是："年寿有时而尽，荣华止乎其身，二者必至
之常期，未若文章之无穷。"（《典论·论文》）可见是因为人
生的无常而追求文章的无穷，颇有通过艺术救人生之意。顾
炎武说："东汉之末，节义衰而文章盛。"（《日知录·两汉风
俗》）文学价值的提举又是同伦理价值的衰落并行的。所以，
文章由两汉的载道转为魏晋的缘情。"嵇康师心以遣论，阮籍
使气以命诗"（刘勰：《文心雕龙·才略篇》），正如鲁迅指出
的，这"师心"和"使气"，便是魏末晋初文章的特色。文学摆
脱道德的附庸地位而获得独立的价值，成为感情的自由寄托，
正是人生观由伦理转为审美的结果和表现。

三、醉：与自然本体融合的境界

阮籍和尼采都是在悲剧意识的支配下走向审美的人生的，他们之所悲在于人生的短促无常，缺乏有意义的世界背景，因此他们所追求的审美极境乃是把飘忽短暂的个体生命与永恒无限的自然本体融为一体的境界，以此来救助人生的悲剧性质，赋予人生以意义。这种境界，阮籍名之为"逍遥"，尼采名之为"醉"。

什么是"逍遥"境界呢？阮籍说：

夫大人者，乃与造物同体，天地并生，逍遥浮世，与道俱成，变化散聚，不常其形。

今吾乃飘飘于天地之外，与造化为友，朝餐阳谷，夕饮西海，将变化迁易，与道周始。

必超世而绝群，遗俗而独往，登乎太始之前，览乎忽漠之初，虑周流于无外，志浩荡而遂舒，飘飘于四运，翻翱翔乎八隅。（《大人先生传》）

飘飘恍惚，则洞幽贯冥。（《清思赋》）

他解释庄子的精义，也在于"聊以娱无为之心，而逍遥于一世"（《达庄论》）。

"逍遥"就是与作为自然本体的"道"融合的境界。一旦达到了这个境界，便分有了"道"的永恒无限，个体生命的短促有限也就不足忧虑了。

尼采的"酒神境界"或"醉"的境界也正是这样一种境界。尼采说，醉是一种"神秘的自弃"境界，它是"个人的解体及其同原始存在的融为一体"，"我们在这短促的一瞬间真的成了万物之源本身，感到它的热烈的生存欲望和生存快慰……纵使有恐惧与怜悯之情，我们毕竟是快乐的生灵，不是作为个人，而是众生一体，我们就同这大我的创造欢欣息息相通。"（《悲剧的诞生》第2、8、17节）

区别当然是有的。在阮籍那里，自然本体是虚静无为的"道"。在尼采那里，自然本体是创造有为的"生命意志"。但是，与自然本体的融合却是他们共同向往的境界。而且，出发点也是相同的，就是要实现永恒的生命。

尼采把自然本体看作一种不断破坏着和创造着的永不枯竭的生命力，因此，他认为，个人与自然本体的融合境界也应当是生命力的高涨迸发状态。他强调的是生命的密度而非生命的长度。个人并非通过生命的机械延长而达到永恒，这是不可能的，也是不值得的。与永恒生命沟通的时刻恰恰是人生那些忘我陶醉的瞬间，因为那时生命达到了最大的密度和力度，人对生命的快乐和痛苦有了最强烈的体验。醉有种种形式："首先是醉的最古老最原始的形式——性冲动的醉。此外还有一切强烈欲望、一切高涨情绪所造成的醉；节庆、竞赛、绝技、凯旋和一切激烈活动的醉；酷行的醉；破坏的醉；因某种天气的影响而造成的醉，如春天的醉；因麻醉剂的作用而造成的醉；最后，强力的醉，积压饱涨的强力的醉。"（《尼采全集》第8卷第122页）所有这些醉都是生命本能亢奋的状态，尼采把它们看作审美的生理前提，由之而达到审美的醉。

　　尼采在这里把饮酒（麻醉剂）造成的醉也当作醉的一种形式，但他自己到了中年以后却戒酒并且反对别人酗酒。他说他宁肯饮啜山泉，对于他，精神并非沉溺在酒中，而是飘动在水面，清泉同样可以使人陶醉。他在《致哈费斯》一诗的副题中自称"一个饮水者"，并在诗里写道：

　　　　你建的酒楼
　　　　大于任何厅馆，

你酿的美酒

全世界喝不完。

你是一切醉者的酣醉

——何必、何必你自己饮酒？

他寻求的是精神上的醉。一首饶有风趣的无题小诗写道：

一位女子害羞地问我，

在一片曙色里：

你不喝酒就已经飘飘然了，

喝醉酒更当如何颠痴？形成鲜明对照的是，以阮籍为代表的"竹林七贤"却是个个都饮酒，常常聚在嵇康的竹林里肆意酣畅，由此得名。《魏氏春秋》说阮籍"闻步兵校尉缺，厨多美酒，营人善酿酒，求为校尉，遂纵酒昏酣，遗落世事"。"七贤"中的另一贤刘伶更是"唯酒是务，焉知其余"（《酒德颂》）。他的妻子劝他为了身体而戒酒，他说：好吧，我自己戒不了，拿酒来，我对鬼神宣誓。他宣誓道："天生刘伶，以酒为名，一饮一斛，五斗解酲。妇人之言，慎不可听。"誓罢痛饮用来祝鬼神的酒，酩酊大醉。（《世说新语·任诞篇》）《晋书》

说他"常乘鹿车，携一壶酒，使人荷锸而随之，谓曰：'死便埋我。'"阮籍的侄子阮咸也是竹林一贤，他的情形就更可怕了，竟至于以大瓮盛酒，与宗人围坐大酌，"时有群猪来饮，直接去上便共饮之"（《世说新语·任诞篇》）。真是放浪形骸到了极点。

照理说魏晋名士悲人生之短促，希求长生，不该有如此伤身之举。以何晏为代表的一派名士也确实讲究服药，并不酗酒，一心延年益寿。阮籍诸人不相信服药有成仙不死之效，不过，既然笃信老庄，崇尚自然无为，似乎也不该如此沉湎酒中的。阮籍说："恬淡无欲，则泰志适情。"（《清思赋》）纵酒总不该是"恬淡无欲"的表现吧。

阮籍的耽酒，确有避祸的动机。司马昭想与他通婚，他醉六十日，不得言而止。钟会多次问他对时事的看法，想得到陷害他的口实，他均以酗醉获免。这都是显例。但是，更深的原因恐怕还是那"与道周始"的逍遥境界不易达到，于是用酒做了一种替代。刘伶的《酒德颂》对此作了很好的说明：

先生于是方捧罂承槽，衔杯漱醪，奋髯箕踞，枕麹藉糟，无思无虑，其乐陶陶。兀然而醉，恍尔而醒。静听不闻雷霆之声，熟视不睹泰山之形。不觉寒暑之切肌，利欲之感情。

俯观万物，扰扰焉若江海之载浮萍。

正因为意识到了自然本体的永恒与个体生命的短促之间的悲剧性对照，明白个体生命达到永恒之不可能，才提出了个体与自然本体相融合的理想，而这理想也只是一个不能真正实现的幻想。于是只好靠了酒的力量，麻痹视听，隔绝世俗，把自己送进一个物我两冥的幻觉世界。只有在这个幻觉世界里，融合的理想才仿佛得到了实现。当然，这种实现也只是幻觉而已。

我们没有读到阮籍在理论上推崇酒的文字。他有时好像真的得道颇深，说："至人者，恬于生而静于死。生恬，则情不惑；死静，则神不离。故能与阴阳化而不易，从天地变而不移。"（《达庄论》）可是实际上他是不能如此恬静的。他的耽酒表明他也只能通过实际的醉来寻求理论上的逍遥境界，用情感的放纵取代意志的淡泊无为，用生命密度的增大代替生命长度的伸展。虚静无为的逍遥境界终于还是要归之于纵情昂奋的醉的境界。与自然本体的融合，关键在于忘我，而这忘我是不能通过静默的修养功夫，而只能通过情绪的陶醉达到的。

当然，阮籍并非一味耽酒，他更有艺术上的陶醉。竹林七贤中，阮籍、嵇康、阮咸都是嗜耽音乐的。尼采同样酷爱音乐，甚至说："没有音乐的生活简直是一个错误，一种苦难，一次流放。"（尼采致加特斯的信，1888 年 1 月 15 日）比较阮籍和尼采的音乐理论，我们发现也有根本的一致之处。

首先，他们都把音乐看作世界本体的一种象征，赋予了它以本体论意义。阮籍说："夫乐者，天地之体，万物之性也。合其体，得其性，则和；离其体，失其性，则乖。"（《乐论》）尼采说：音乐是"太一的摹本"，是"世界的心声"，它"对一切现象而言是物自体"，"音乐由于象征性地关联到太一心中的原始冲突和原始痛苦，故而一种超越一切现象和先于一切现象的境界得以象征化了。"（《悲剧的诞生》第 5、6、16、21 节）这里，阮籍和尼采对于世界本体的性质有完全不同的看法，阮籍强调的是和谐，尼采强调的是原始冲突和痛苦。但是，在确认音乐直接关联世界本体这一点上却是完全一致的。因此，在他们看来，音乐的陶醉就是一种和世界本体相沟通相融合的境界。

其次，正因为如此，他们都要求严肃对待音乐，反对纯粹刺激感官的消极浪漫主义音乐。阮籍说："猗靡哀思之音发，愁怨偷薄之乱兴，则人后有纵欲奢侈之意，人后有内顾自奉之心……昔先王制乐，非以纵耳目之观，崇曲房之嬿也。心通天地之气，静万物之神也。"他特别反对悲哀的音乐，强调音乐与快乐的内在联系："诚以悲为乐，则天下何乐之有？……乐者，使人精神平和，衰气不入，天地交泰，远物来集，故谓之乐也。今则流涕感动，嘘唏伤气，寒暑不适，庶物不遂，虽出丝竹，宜谓之哀。奈何俯仰叹息，以此称乐乎？"（《乐论》）尼采更是不知疲倦地谴责浪漫主义音乐："我完全彻底地禁止自己接触一切浪漫主义音乐，含糊沉闷、自命不凡的艺术，它们使心灵沉溺于自身的亢奋和激动，使得各种朦胧的欲念和软绵绵的渴慕得以滋生。"（《尼采全集》第3卷第7页）他后来激烈地反对瓦格纳，就是因为他认为瓦格纳使官能的刺激在音乐中占据了支配地位。在他看来，这是颓废的征兆。他对音乐的要求是："明朗而深邃，犹如十月的午后。"（《尼采全集》第15卷第40页）从阮籍和尼采对于音乐的要求可以看出，他们尽管都对人生有一种悲观的看法，但他们也都是竭力要肯定人生的，因此要求音乐起到鼓舞人心、抵抗"衰气"的作用。

竹林名士还有一个共同的爱好，就是热爱大自然，流连山林，欣羡隐逸生活。阮籍时常"登临山水，经日忘归"，嵇康也是"游山泽，会其得意，忽焉忘反"。（《晋书》）他们都厌恶人造居室的局促狭小，而向往"天地为家""四海为宅"的生活。

阮籍写道："弃中堂之局促兮，遗户牖之不处。"（《清思赋》）"行不赴而居不处，求乎大道而无所寓。"（《大人先生传》）

嵇康写道:"泽雉虽饥,不愿园林,安能服御,劳形苦心。"(《赠兄秀才入军》)

刘伶写道:"行无辙迹,居无室庐,幕天席地,纵意所如。"(《酒德颂》)

现在我们看到尼采也写道:"这些房屋意味着什么?真的,伟大的灵魂不会建造它们作自己的象征!……人难道能由这些客厅和卧室出入?我觉得它们是给丝织玩偶们建造的,或者是供馋孩子偷吃的小点心。"(《尼采全集》第6卷第245页)

尼采自己是一个长年漂泊于大自然怀抱中的漫游者,他笔下的查拉图斯特拉的活动天地也是山林和洞穴。

有酒的醉和无酒的醉,音乐、自然中的漫游,都是为了寻找那种与自然本体交融的境界。然而,无论阮籍还是尼采,都不能真正达到这种陶然忘机的审美极境。他们由悲剧意识的觉醒而寻求审美的慰藉,但审美的慰藉仍然脱不掉悲剧的意味。这或许可以用席勒关于素朴的诗与感伤的诗的区别的理论来解释。阮籍和尼采的思想渊源以及文化背景截然不同,阮籍倾心于老、庄,尼采仰慕着古希腊。尽管古代中国人和古代希腊人对于自然的体验有所不同,前者主静,后者主动,但是在老、庄的著作和荷马的史诗中,我们都可以不同程度地感受到人与自然的统一。在这个意义上,老、庄和荷马都是素朴诗人。

阮籍和尼采就不同了，在他们身上，人与自然已经分裂，他们寻找自然犹如寻找失去的童年，然而童年已经一去不复返，与自然的融合只能是一个可望而不可即的理想了。所以，相对于老、庄来说，阮籍是一个感伤诗人；相对于希腊人来说，尼采是一个感伤诗人。

阮籍咏怀诗的感伤情调是浓郁可闻的。他一面向往"登明遂飘飘"的境界，一面又发出"飘飘难与期"的悲叹。他羡慕庄子"海鸟运天池"的气魄，却又自叹"羽翼不相宜"，因而以"扶摇安可期，不若栖树枝"自慰。他有心效鸿鹄"抗身青云中，网罗孰能制"，却又顾忌着"黄鹄游四海，中路将安归"。他嗜酒求醉，可是那痛苦的心灵却总是不醉，因而不免"临觞多哀楚"，常常"对酒不能言，凄怆怀醉辛"。在《大人先生传》里，他塑造了一个"逍遥浮世，与道俱成"的典型，可是那毕竟是一个虚无缥缈的幻影：

先生从此去矣，天下莫知其所终极。

我们不禁想起了尼采的诗：

他走向何方？有谁知道？

只知道他消失了。

一颗星熄灭于荒漠，

荒漠更荒凉了…

尼采在审美的陶醉中常常受到一种幻灭感的侵扰：

每个诗人都相信：谁静卧草地或幽谷，侧耳倾听，必能领悟天地间万物之奥义。

倘有柔情袭来，诗人必以为自然在与他们恋爱：

她悄悄俯身他们耳畔，秘授天机，软语温存：于是他们炫耀自夸于众生之前！

哦，天地间如许大千世界，唯有诗人与之梦魂相连！尤其在诸天之上：因为众神都是诗人的譬喻，诗人的诡词！

真的，我们总是被诱往高处——那缥缈云乡：我们在其上安置我们的五彩玩偶，然后名之神和超人。

所有这些神和超人，它们于这底座诚然足够轻飘！

唉，我如何厌倦一切可望而不可即的梦幻！唉，我如何厌倦诗人！（《尼采全集》第 6 卷第 187—188 页）

尼采毕竟不能像他神往的希腊人那样与自然大化浑然一体

了。他赋予世界以审美的意义，可他心里明白，这不过是诗人的譬喻，因而所赋予的意义时时有失落的危险。他做梦、沉醉，可他心灵的至深处却醒着，并且冷眼审视这梦着醉着的自己，生出了一种悲哀和厌倦。连他梦寐以求的"超人"，也如同阮籍的"大人先生"一样，只是一个譬喻，一个寓言，一个幻影："超人的美如同幻影向我走来。"（《尼采全集》第6卷第126页）

　　可是，像阮籍和尼采这样的人，尽管明知审美的人生只是一种主观的幻觉，除了这审美的人生之外，难道还能有别的选择吗？你要他们和俗人一起去度一种世俗的人生吗？他们的悲剧意识不许可，他们的孤高性格也不许可。阮籍一再说："岂与蓬户士，弹琴诵言誓。""岂与乡曲士，携手共言誓。"嵇康说得更明白，他之不愿做官，原因之一是"不喜俗人"，不能忍受"与之共事，或宾客盈坐，鸣声聒耳，嚣尘臭处，千变百使，在人目前"（《与山巨源绝交书》）。尼采也说，他宁愿"走到沙漠里，与猛兽一同忍受焦渴，只是不愿和肮脏的赶骆驼人一起坐在水槽旁"（《尼采全集》第6卷第140页）。如此孤高的心灵，势必有唯美的洁癖。更重要的原因是悲剧意识的支配，受人生之谜的折磨，不能忍受人生仅仅是宇宙过程中稍纵即逝的偶然，"倘若人不是诗人、解谜者和偶然的拯救者，我如何能忍受做一个人！"（《尼采全集》第6卷第206页）

沉入审美的醉境，追求与自然本体融合的幻觉，实出于自我拯救的必要。醉，诚然是主观的幻觉，可是倘若连这幻觉也没有，这些敏感的生灵如何还能活下去呢？不管阮籍和尼采对于审美的人生的追求包含着多少幻灭的苦恼，这种追求本身却具有真实的悲剧性审美意义。对人生悲观而依然执着，怀疑而愈加追求，大胆否定一切传统价值而向往超越的审美境界，也许这就是魏晋风度和酒神精神的共同魅力之所在。

做一个终身读者

读者是一个美好的身份。每个人在一生中会有个种其他的身份，例如学生、教师、作家、工程师、企业家等，但是，如果不同时也是一个读者，这个人就肯定存在着某种缺陷。一个不是读者的学生，不管他考试成绩多么优秀，本质上不是一个优秀的人才。一个不是读者的作家，我们有理由怀疑他作为作家的资格。在很大程度上，人类精神文明的成果是以书籍的形式保存的，而读书就是享用这些成果并把它们据为己有的过程。换言之，做一个读者，就是加入到人类精神文明的传统中去，做一文明人。相反，对于不是读者的人来说，凝聚在书籍中的人类精神财富等于不存在，他们不去享用和占有这笔宝贵的财富，一个人唯有在成了读者后才知道，这是多么巨大的损失。历史上有许多伟大的人物，在他们众所周知的身份背后，便是终身读者，即一辈子爱读书的人。在某种意义上，一个民族的精神素质也取决于人口中高趣味读者的比例。

然而，一个人并不是随便读点什么就可以称作读者的。在我看来，一个真正的读者应该具备以下特征：

第一，养成了读书的癖好。也就是说，读书成了生活的必需，真正感到不可缺少，几天不读书就寝食不安，自惭形秽，如果必须强迫自己才能读几页书，你就还不能算是一个真正的读者。当然，这种情形绝非刻意为之，而是自然而然的，是品尝到了阅读的快乐之后的必然结果，事实上，每个人天性中都蕴涵着好奇心和求知欲，因而都有可能依靠自己去发现和领略阅读的快乐。遗憾的是，当今功利至上的教育体制正在无情地扼杀人性中这种最宝贵的特质。在这种情形下，我只能向有见识的教师和家长反复呼吁，请你们尽最大可能保护孩子的好奇心，能保护多少是多少，能抢救一是一个。我还要提醒那些聪明的孩子，在达到一定年龄之后，你们要善于向现行教育争自由，学会自我保护和自救。

第二，形成了自己的读书趣味。世上书籍如汪洋大海，再热衷的书迷也不可能穷尽，只能尝其一瓢，区别在于尝哪一瓢。读书是一件非常私人的事情，喜欢读什么书，不论范围是宽是窄，都应该有自己的选择，体现了自己的个性和兴趣。其实，形成个人趣味与养成读书癖好是不可分的，正因为找到了和预感到了书中知己，才会锲而不舍，欲罢不能。没有自己的趣味，仅凭道听途说，东瞧瞧、西翻翻，连兴趣也谈不上，遑论癖好。

针对当今图书市场的现状，我要特别强调，千万不要只读一些畅销书和时尚书，倘若那样，你绝对成不了真正的读者，永远只是文化市场上的消费大众而已。须知时尚和文明完全是两回事。一个受时尚支配的人仅仅生活在事物的表面，貌似前卫，本质上却是一个野蛮人，惟有扎根于人类精神文明土壤中的人才是真正的文明人。

第三，有较高的读书品位。一个真正的读者具备基本的判断力和鉴赏力，仿佛拥有一种内在的嗅觉，能够嗅出一本书的优劣，本能地拒斥劣书，倾心好书。这种能力部分地来自阅读的经验，但更多地源自一个人灵魂的品质。当然，灵魂的品质是不断可以提高的，读好书也是提高的途径，二者之间有一种良性循环的关系。重要的是一开始就给自己确立一个标准，每读一本书，一定要在精神上有收获，能够进一步开启你的心智。只要坚持这个标准，灵魂的品质和对书的判断力就自然会同步得到提高。一旦你的灵魂足够丰富和深刻，你就会发现，你已经上升到了一种高度，不再能容忍那些贫乏和浅薄的书了。

能否成为一个真正的读者，青少年时期是关键。经验证明，一个人在这个时期倘若没有养成读书的好习惯，以后再要培养就比较难了，倘若养成了，则必定终身受用。青少年对未来有种种美好的理想，我对你们的祝愿是，在你们的人生蓝图中千万不要遗漏了这一种理想，就是立志做一个真正的读者，一个终身读着。